LES MILLE

ET UN

GUIGNONS.

DE L'IMPRIMERIE DE HOCQUET ET COMP^e.,
RUE DU FAUBOURG MONTMARTRE, N°. 4.

LES MILLE

ET UN

GUIGNONS,

OU

L'HOMME QUI A RENONCÉ A TOUT ;

ROMAN PHILOSOPHI-TRAGI-COMIQUE.

.... *Quis, talia fando,*
Temperet a lacrimis ?

TOME PREMIER.

PARIS,

BARBA, Libraire, Palais-Royal, derrière
le Théâtre Français, N°. 51.

1807.

AVANT-PROPOS.

On annonce cet Ouvrage comme un Roman, parce qu'en le lisant, le Public le prendra pour tel. Mais le jouët, car on ne peut pas dire le héros de toutes les catastrophes qu'on va lire, adresse d'avance un compliment de félicitation au lecteur qui, en entamant cette histoire, pourra se vanter de n'avoir encore éprouvé aucune de ses trop véritables infortunes ; lui souhaite de pouvoir en dire autant en la finissant ; et desire sur-tout que ces récits ingénus lui tourne à plaisir ou à profit ! . . . . Si cette lecture ne produit ni l'un ni l'autre de ces deux effets, ce sera un gui-

gnon *de plus pour l'auteur à ajou-*
ter aux mille et un qu'il va ra-
conter.

Pour mettre plus d'ordre dans
ma narration, je partage mon his-
toire en quatre époques :

La première, mon enfance et
ma jeunesse ;

La deuxième, mon adolescence ;
La troisième, mon âge viril ;
Et la quatrième, ma vieillesse.

Dans ces quatre différens âges
de ma vie, les plus anciens d'en-
tre ceux qui me liront, pourront
reconnaître quelques - unes des
épreuves qu'ils auront eu à subir
comme moi ; et les plus jeunes
trouveront des leçons dont je leur
souhaite de profiter mieux que moi.

INTRODUCTION.

De tous tems, l'homme a cherché dans des causes extraordinaires et surnaturelles, l'origine et l'annonce des événemens qui ont marqué son existence. Jadis, les grands poëtes de l'antiquité ont fait battre les dieux et les déesses de la fable, et mis tout l'Olympe, la mer et les enfers en combustion pour décider de la destinée des peuples. Depuis, les romanciers n'ont pas manqué, à la naissance des grands sujets, des personnages qui devaient faire époque dans le monde, de faire intervenir des fées protectrices qui les douaient de dons favorables et précieux, et des génies qui les contrariaient par

des enchantemens; toujours source
à batailles et à combats.

Inde mali labes.

Nos contes modernes de bonnes
femmes ont substitué à ces idées ma-
jestueuses et merveilleuses, le même
fond d'intention sous une forme plus
commune et plus triviale. Ce sont
des bergers sorciers et de vieilles
magiciennes de village qui nouent
l'aiguillette, qui lardent des cœurs
de tourterelles, qui mettent sous le
seuil de la porte des crapauds et des
paquets de cheveux. . . enfin, qui
jettent des sorts et préparent des
maléfices ! . . .

Pour moi, bon Chrétien et nar-
rateur fidèle, dépouillé de ces pré-
ventions fabuleuses, mais forcé de
reconnaître une vérité, que ma re-

ligion même a d'abord inculqué dans mon ame, et que les événemens ont tant justifiée depuis, je dis tout bonnement, comme je le pense, que le bon ange qui me fut assigné au moment de ma naissance, et le mauvais ange que Satan commanda aussitôt pour contrebalancer la bonne volonté de l'autre pour moi, se firent ensemble un défi qui dura tout le cours de ma vie, pendant laquelle il amena différentes scènes, des vicissitudes, des hauts et des bas, comme l'on dit... Mais dans toutes les situations, et article par article, la victoire demeura toujours au dernier... c'est-à-dire, au tyran de mon chétif individu ! . . .

Ah ! combien de fois n'ai-je pas regreté de n'avoir pas eu un Saint-Michel pour patron, depuis qu'un jour je le vis représenté armé d'une

épée flamboyante, et foulant d'un
air superbe le maître des diables,
renversé sous ses pieds! Hélas! me
disais-je, si c'était un héros, un
luron d'ange comme celui-là qui se
fut chargé de me protéger, qu'au-
rai-je eu à craindre de ce petit fre-
tinet, de ce demon de recrue qui
me tourmente. . . . car vraiment,
malgré sa méchanceté, je ne lui ai
jamais reconnu d'adresse; et vingt
fois, cent fois, mille fois, j'ai été
sur le point de voir déjouer toutes
ses trames, si mon ange gardien
avait été le moindrement retors...
Un St.-Denis seulement qui veillait
sur la Pucelle, et qui, rien que sur
son âne, sut, malgré les bravades
du violent St.-Georges et de son
beau cheval, rendre impuissans les
efforts du paillard et entreprenant
Jean Chaudos!... Mais je n'avais

qu'un Saint-Guignolet pour patron ;
et le plus simple des diables en savait apparemment plus que lui...
Je crois que son nom seul m'a porté
malheur. . . et c'est de ce nom-là
que j'intitule mes malheurs des guignons ! . . .

LES MILLE

ET UN

GUIGNONS.

CHAPITRE PREMIER.

Ma Naissance. Guignons qui l'ac-
compagnèrent, et guignons qui
s'en suivirent.

EST-CE un bonheur de naître le fils
de citoyens riches, nobles et consti-
tués en dignités ?.... Est-ce un malheur de devoir le jour à des gens
pauvres, roturiers et de basse profes-
sion ?.... C'est un problême que je

laisse à résoudre, et que chacun explique à sa manière et suivant sa façon de voir.

Moi, je n'en avais aucune au moment où la sage-femme me reçut d'une main, et me remit à la nourrice, qui me prit de l'autre ; car j'étais si fluet et si chétif, qu'il ne fallait pas mettre les deux pour m'enpoigner ; ainsi je ne dis rien encore d'un fait qui ne pouvait alors me causer aucune sensation, parce que mon plan est de ne parler de toutes les variétés des événemens qui ont rapport à moi, que par la première impression que j'en ai ressenti ;... et, à mon premier jour, à ma première heure, je n'en pouvais ressentir aucune, du moins morale.... mais physique !.... Oh ! voilà déjà un article et un sujet de plainte pour moi ? L'homme n'était encore rien pour

juger ; mais le petit animal était déjà
tout pour sentir ! Et la sage-femme,
maladroite, m'introduisit si gauche-
ment dans le monde, que le premier
bonjour que je donnai à l'univers,
ne fut accompagné que de cris de
douleur, et du *bonsoir* que ma pauvre mère lui cria plus douloureusement encore ! Effectivement, elle était
morte, que je n'étais pas sûr d'être
né. *Premier guignon*, dont j'eus lieu
de m'appercevoir bientôt.... ou du
moins d'être dupe et victime avant
d'avoir pu m'en appercevoir !....

Voilà donc ma mère morte, et moi
à peine vivant, ou ne donnant signe
de vie que par mes cris et mes souffrances.... et la nourrice qui me
donne sans doute à tetter pour me
faire taire.... Mais cette nourrice,
choisie par préférence et protection,
se trouva n'avoir pas de lait ; *second*

guignon, car il me fallut jeûner long-
tems : de sorte que, sentant son insuf-
fisance pour m'alimenter, elle pensa
prudemment à aller chercher une
autre tétonnière pour la remplacer...
Mais, imprudemment, après m'avoir
emmailloté, elle m'abandonna dans
une grande chambre à côté de celle
où ma pauvre mère était morte pour
me laisser dans ce monde la place
qu'elle y quittait....

Le trouble qu'occasionna dans la
maison l'accident cruel qui en faisait
disparaître la maîtresse, empêcha de
prendre garde au départ furtif et pré-
cipité de la nourrice, dans les bras
de laquelle on me croyait toujours ;
et on ne s'apperçut pas davantage du
manège d'un gros singe qui, ayant
rompu sa chaîne, était entré par la
fenêtre dans la salle où j'étais.

L'animal, averti par mes cris, sauta

sur le lit où je gissais, et s'amusa
d'abord à défaire et à r'arranger mes
langes, comme il avait vu faire à ma
nourrice ; mais, maladroitement, au
lieu de ne piquer que les toiles, il
me lardait le corps avec des épingles.
Troisième guignon.

Un bruit nouveau pour lui qui le
frappa, fit cesser cette cruelle toi-
lette ; mais pour augmenter le danger
qui me menaçait, et tandis que des
prêtres appelés pour une cérémonie
lugubre enlevaient le corps de la
mère et traversaient en chantant les
chambres et la cour pour le porter
en terre, le singe enlevait le fils, et
repassant par la fenêtre, le portait en
sautant sur les toits.

Des toits, il enfila la lucarne d'un
grenier, et me déposa heureusement
et adroitement sur des bottes de paille
qui y étaient amassées pour la nour-

riture des chevaux; ensuite il se sauva
pour aller faire quelque nouvelle es-
piéglerie.

Je criais sans doute beaucoup;
mais, hélas! mes faibles gémissemens
ne pouvaient pas percer à travers les
forts et sonores organes des psal-
modieurs mortuaires, qui donnaient
d'autant plus de voix, qu'ils sentaient
qu'on leur payerait plus de vin.

J'étais débarrassé des caresses dangereuses du singe, et si j'avais su ou
pu raisonner alors, j'aurais rendu
grace de ce bonheur à mon *Saint
Guignolet!* mais le diablotin, son
antagoniste, ne fut pas long-tems en
reste.

La paille avait attiré dans ce grenier une légion de rats qui avaient
fait élection de domicile parmi les
bottes, et qui, las apparemment de
cette nourriture habituelle, crurent,

en sentant la chair fraîche , avoir
trouvé l'occasion de faire un repas
plus friand.... Ils sortirent donc tous
de leurs cachettes, poussés sans doute
par mon infernal ennemi, et déjà ils
se disposaient à ne faire qu'une curée
du nouveau-né, et à redoubler le
deuil de mon père , en envoyant les
restes du fils dans la bière de sa mère!...
lorsque mons Guignolet, plus atten-
tif qu'adroit dans ses moyens conser-
vateurs.... imagina, pour me sauver,
de faire arriver dans ce grenier, par
la lucarne , une chatte en chaleur
poursuivie par deux matous.... Soudain à leurs cris et à leur aspect, tous
mes rats de déguerpir et de battre en
retraite... Mais les maudits chats qui
les avaient vus décamper d'autour de
moi, s'élancèrent sur ma pauvre personne , qui leur servait de point de
mire , et où ils attrappèrent encore

quelques rats paresseux ou infirmes;...
et tant des griffes et des dents des
chats assaillans, que des pattes des
rats défendans et fuyans, et du singe
qui s'en revint encore sauter au milieu d'eux tous.... j'eus le visage
tout déchiré : *quatrième guignon ;*
et j'allais être entièrement dévoré, si
le cocher, en entrant dans le grenier
pour prendre des bottes de paille,
n'eût fait cesser le carnage et délivré
les vaincus, en faisant sauver les vain-
queurs....

Eh mais, mon Dieu! Saint Guignolet ne pouvait-il pas faire arriver
le cocher avant les chats?... C'est la
triste réflexion que j'ai faite depuis,
en comptant douloureusement les ci-
catrices qui me sont restées de cet
événement, et dont le brave cocher
m'a raconté les causes.... ce qui m'a
fait prendre en aversion les singes,

puisque c'en était un qui m'avait occasionné tout mon mal... Mais revenons à ma situation.

Cet honnête cocher qui ne venait
chercher là que de la paille, fut fort
étonné, comme l'on pense bien, de
trouver des chats, des rats, un singe,
et un enfant nouveau né.... car mes
cris l'avertirent de ma présence, qu'il
n'aurait pas soupçonnée. Il me ra-
massa donc, me redescendit sans
imaginer comment j'avais pu monter, et me remit aux mains de la première nourrice sans lait, qui était
revenue avec une seconde et grosse
laitière qu'elle amenait pour lui suc-
céder.

——➤※◄——

CHAPITRE II.

J'ai la petite vérole.

———

Le lecteur va me demander qui était mon père, qui étaient mes parens... leur état, leur fortune, etc... Eh ! un moment de patience ! qui cela intéresse-t-il le plus de nous deux ? Je n'ai pû le savoir moi, que six ou sept ans après ma naissance, et vous voudriez le savoir à la première m'nutte ! Ah ! lecteur ! nous y avons tous passé ; à l'âge que j'avais quand vous me lisez, vous n'en saviez pas plus que moi sur votre famille, et quelqu'un qui vous aurait fait les questions que vous me faites, aurait bien perdu son tems, n'est-ce pas ?.... hé ! bien, je ne suis pas plus sorcier

que vous l'étiez ; laissez-moi donc
venir l'âge et la parole, et la connaissance encore.... et je vous dirai
tout ce que je saurai ; mais à mesure
que je l'apprendrai moi-même. Dame!
c'est un bail que nous passons ensemble ici pour ne pas nous quitter.
Il faut que vous me suiviez pas-à-pas,
à moins que vous ne courriez plus
vite que la nature... alors, enjambez
sept ou huit chapitres ; vieillissez-moi
de sept à huit ans, et nous allons
causer comme de grandes personnes.
Mais, pourtant, tant pis pour vous
si vous sautez ainsi les feuillets ;
vous ne saurez pas tout... et l'enfance
de l'homme est quelquefois aussi intéressante et aussi instructive que son
adolescence ; moins révoltante que sa
maturité, et moins ennuyeuse que
sa décrépitude !... d'après ce petit
avertissement, chemine avec moi qui

pourra, et galoppe qui voudra.... Je n'en irai toujours pas plus vîte, et je reviens à mon enfance.

Est-ce un bonheur, demanderai-je encore d'être d'une jolie figure, d'avoir un beau teint, une peau fine; des traits délicats?... Oh! les femmes, les petits maîtres, et bien d'autres encore, me répondront que oui.

Eh! bien, lecteur, j'avais obligation de ce bonheur-là à mon bon ange, ou plutôt à la nature... car, il faut croire que les anges, bons ou mauvais, n'influent pas sur notre fabrication, et qu'ils ne se mêlent de nous qu'alors que la nature ayant achevé son œuvre, nous a remis à leur disposition. Je me les représente là tous les deux, aux aguets d'une naissance, comme des paulmiers qui tiennent la raquette à la main, et qui attendent la créature que la na-

ture leur envoie, comme ceux-ci un
volant qu'ils reçoivent, et qu'ils re-
paulment chacun à leur fantaisie, ou
suivant leur adresse. O ! pauvre nais-
sant ! fragile volant ! qne tu vas donc
être balotté, jusqu'à ce qu'enfin tu
tombes déchiré et déplumé !... C'est
pourtant là une image de la vie !

Je dis donc que j'étais fort bien
de figure, de teint, *et cœtera*.... Et,
en un mot que j'avais, en fait de ce
qu'on appelle beauté, tous les *et cœtera* possibles.... et, malgré l'escar-
mouche des chats et des rats, mon
visage qui leur avait servi de champ
de bataille, quoiqu'un peu cicatrisé,
n'en avait pas moins d'éclat ; et je
passais encore pour un très-joli enfant ! et à juste titre, car, j'ai vu
depuis un portrait de moi que mon
père, par orgueil, avait fait faire
alors.... et mon orgueil à moi, fut

bien chagriné, en le regardant et en comparant pour la première fois l'original avec la copie !...

O ! Saint Guignolet ! tu dormais donc quand le diable, ton rival, m'envoya cette maudite petite vérole, qui a changé, grossi, et dénaturé tous mes traits !... *Cinquième guignon*, qui, à lui seul, pourrait bien compter pour mille. . . . car, certes, mille fois depuis au moins, il a renouvellé mes chagrins.

Je ne le donne cependant que pour un.... mais, c'est bien le *gros grain*...., et, comme on dit *le pater* du chapelet de mes douleurs.

CHAPITRE III.

Les Marionettes.

———

J'ÉTAIS déjà bien rétabli de ma petite vérole, et comme j'étais d'un caractère fort gai, je m'amusais à toutes sortes de petits jeux d'enfans; car mon père, qui m'aimait beaucoup, ne me laissait manquer d'aucune espèce de ces joujoux. Depuis quelques jours il m'avait même acheté une petite collection de marionettes, que je faisais danser avec beaucoup de grace... pronostic futur que j'en ferais par la suite parler de plus grandes !

Nous avions une voisine qui élevait une petite fille toute charmante et de mon âge; de sorte que nous

étions presque toujours ensemble ;
tantôt chez sa mère et tantôt chez
mon père ; et comme l'orgueil et le
goût de la propriété sont de tous les
âges, nous tirions déjà vanité, chacun
vis-à-vis de l'autre, de la nouveauté
et de la beauté de nos bijoux, auxquels nous ne manquions jamais de
donner la préférence. Mais cette fois,
par une fatalité qui devait m'être
funeste, Eugénie, c'était le nom de
ma petite camarade, s'amouracha de
mes marionettes, enchantée apparemment de l'adresse avec laquelle je les
faisais mouvoir. Jusques-là tout allait
bien. Elle prenait dans mes mains,
et je lui abandonais volontiers Co-
lombine, qu'elle trouvait plus jolie
que sa poupée, Pierrot, qu'elle trouvait plus beau que son cheval, Sca-
ramouche, qui était plus drôle que
son petit chat ; même Arlequin,

qu'elle préférait encore à son doguin.
Mais quand elle vint à vouloir m'enlever polichinelle !... oh ! moi, qui le
trouvais au-dessus de toute compa-
raison, je ne pus consentir à le lui
céder; et cette bamboche devint entre
nous deux ce que la belle Hélène
avait été entre les Troyens et les
Grecs : elle alluma une guerre fu-
rieuse, dont les deux partis belligé-
rans devaient être également vic-
times, et dont je devais rester le
misérable Troyen.

Déjà nos petites griffes nous
avaient fait mutuellement des égra-
tignures ! déjà le sang paraissait de
chaque côté sur nos mains et sur nos
visages ; nos bons et nos mauvais
anges, qui tenaient ici la place que
jadis les divinités payennes avaient
tenu entre les deux formidables ar-
mées , et qui nous soufflaient de

même leur fureur homicide et leur
noire malice, avaient déjà inspiré à la
petite Eugénie de jetter dans le feu
les premières marionettes que je lui
avais abandonnés et qui flambant
dans la cheminée, recommençaient
déjà l'incendie de notre moderne
Troye... mais fier de tenir encor polichinelle et résolu de le défendre tant
qu'il resterait un ongle à mes dix
doigs, je bravais la flamme et la fumée
et combattais toujours en héros ,
essayant cependant de me sauver
comme Enée, emportant mon polichinelle, comme lui son père An-
chise, lorsque la petite enragée d'Eugénie ramassant le reste de ses forces,
se jetta sur moi de nouveau et déchira
d'un coup de griffes toute la garniture argentée du malheureux qui
m'était si cher !... quel crêve-cœur
pour moi ! la vue de mon sang ne

m'avait pas animé à ce point !... le
désespoir d'Achille ne fut pas si violent, en apprenant la mort de son
bien-aimé Patrocle.... Il sera vengé,
m'écriai-je ! et tu périras !... soudain,
d'un bras dont la fureur redoublait
la force, et dont mon mauvais ange
dirigeait le coup, je lançai Polichinelle à la tête d'Eugénie qui en jettait
déjà l'habit déchiré dans le feu !...
Telle et plus meurtrière encore que
le javelot que le grand prêtre d'A-
pollon, l'infortuné Laocoon, lança
contre le cheval de bois ; la marionette siffla en partant, et atteignit
tout aussi juste le but de ma colère....
et les suites en furent tout aussi funestes pour moi !

La tête de bois de Polichinelle, plus
dure que celle d'Eugénie, lui fit une
bosse au milieu du front ; et une de
ses bosses à lui portant droit sur

l'œil de ma petite camarade, le lui
mit presque hors de la tête. Elle
tomba, du coup, toute ensanglan-
tée, et fit retentir la chambre de ses
cris.

Nos parens qui causaient ensemble
dans une chambre voisine, accou-
rurent ; et au lieu d'honorer et de
couronner le vainqueur, on le décu-
lotta et on le fouetta.... Par une mauvaise habitude, on voulut guérir la
blessée par les contraires. Je lui avais
fait mal à la tête, et on me frappa cruelle postérieur. *Sixième guignon*,
qui s'est, hélas ! répété bien des
fois, depuis qu'on m'eut donné des
maîtres.

De ce moment je ne pus plus souffrir ni marionette, ni Polichinelle....
Et cependant, que de marionettes
encore m'ont fait éprouver d'autres
guignons plus sensibles !... mais,

n'anticipons pas.... et terminons là le
chapitre du premier Polichinelle dont
j'ai eu à me plaindre !

CHAPITRE IV.

Le Ramoneur.

UN matin que je m'étais échappé des mains de ma bonne, qui ne faisait pas beaucoup d'attention à moi, parce qu'un homme qu'elle appellait son cousin était venu la voir et déjeûner avec elle, je me mis à fureter dans toutes les pièces de l'appartement. Je m'amusai d'abord avec un jeune chat angola fort beau, que mon père aimait beaucoup. Après m'être roulé quelque tems avec lui sur le tapis de la chambre, je le pris dans mes bras, et le portai sur une fenêtre pour lui faire voir les passans.... mais, soit que l'animal fut effrayé, soit que je ne le tinsse pas bien, il m'échappa

des mains, et tomba d'un troisième
étage dans la rue.

Quand j'eus fait ce beau coup-là,
ou plutôt que ce malheur me fut arrivé, car j'étais pour lors aussi attaché à ce chat que je l'avais été auparavant à mes marionettes, je commençai à craindre que mon père,
s'il me surprenait là, ne m'envoyât
par le même chemin pour courir
après l'animal, et promettant de ne
plus aimer les chats qui m'avaient
déjà été funestes, je me sauvai prudemment dans une autre chambre.
Là, je vis un superbe perroquet dans
sa cage, sur une table. Cet oiseau,
qui parlait comme une personne,
commença à jaser dès qu'il m'apperçut. Moi, qui ne l'avais pas encore
vu, car mon père ne l'avait que de
la veille, très-étonné d'entendre parler une bête , (j'en ai bien entendu

d'autres depuis, mais alors ma surprise était fort naturelle) je m'ap-
prochai pour faire conversation avec
lui. Elle s'entama de sa part, par un :
« As-tu déjeûné, Jaco. » Moi, je lui
réponds bonnement : « Non , mon
ami. — Donne du sucre à Jaco, au
perroquet mignon. — Dame, je n'en
ai pas. — Donne du rôt, du mouton.
— Je n'en ai pas non plus. — Donne
la patte. — Comment, la patte ? c'est
la main qu'il faut dire.... Et je lui
passe la mienne, entre les barreaux
de sa cage. — Gratte, qu'il me dit ,
gratte Perro, gratte fort.... Moi, je
veux lui faire plaisir, et je lui attrape
le col sans méfiance de lui : pas du
tout, le maudit traître me mord le
doigt bien serré, et se met à rire et
à se moquer de moi.

C'était déjà une bonne leçon pour
m'apprendre à ne pas me laisser at-

irer par les belles paroles et les
louces voix. Mais je n'étais pas alors
n état de l'apprécier, et beaucoup
'autres perroquets sans plumes m'ont
ncore duppé depuis, bien plus
uellement. C'est ce qui m'a fait
rer aussi de ne plus aimer les per-
oquets.

Enfin, tout pleurant et disant des
ttises au méchant qui m'avait mor-
u, je le quitte en colère; j'entre
ans une autre pièce où il n'y avait
i chat ni perroquet; mais j'y entends
n bruit singulier qui me semblait
enir de la cheminée. On ratissait,
n chantait, et je ne concevais pas ce
ue ce pouvait être, parce qu'elle
tait couverte. On avait dégarni le
ambranle de tous ses ornemens et
on avait mis un grand tapis qui
ndait devant la cheminée jusqu'au
arquet, et pour le retenir sur le

chambranle, on y avait posé les deux
gros chenets du feu.

La curiosité m'excitant à vouloir
découvrir ce que c'était que ce bruit
et ce chanteur que j'entendais toujours, je me baisse sur le parquet, je
soulève ce tapis, me glisse dessous et
retourne la tête pour regarder dans
la cheminée , la bouche ouverte ,
comme tous les enfans qui éprouvent
de la surprise. Dans ce moment, il
me tombe un paquet d'ordures (je ne
savais pas encore ce que c'était que
de la suie) qui me couvre tout le visage et m'entre dans les yeux et dans
la bouche. Je me retire vivement ;
mais par malheur j'entraîne le tapis
que je tenais encore, et les deux gros
chenets me tombent sur la tête et
m'ouvrent le crâne. Aux cris étouffés
que je poussais, mon père qui tra-
vaillait dans son cabinet, accourt tout

effrayé ; et en développant le tapis
qui m'entortillait, il eut de la peine à
reconnaître son fils à travers le sang
qui ruisselait de sa tête et la suie qui
défigurait son visage.

Je crois, mon cher lecteur, que je
puis bien compter cette matinée-là
pour une fière journée de *guignons!*
et depuis cette catastrophe, j'ai toujours frémi à l'aspect d'un ramoneur.

CHAPITRE V.

Le Collège.

On me lava, on me bassina, m'étuva, médicamenta, drogua.... et bref, on me ressuscita ; car je fus, à ce que j'appris depuis, plusieurs jours entre la vie et la mort.... Cet accident m'a encore fait prendre en grippe les cheminées, les chenets, et jusqu'aux tapis de pieds des appartemens, puisque tout cela avait contribué à mon malheur : aussi, depuis le tems de ma connaissance, je n'ai jamais voulu qu'un poële dans ma chambre ; cela exempte d'avoir des chenets, et je marche à nu sur les carreaux ; cela ramasse moins de poussière.

Revenons à ma guérison. Voilà

donc ma tête bien et duement raccom-
modée, sauf les migraines violentes
et fréquentes qui m'en sont restées
pour éternel et douloureux *memento*, et qui m'ont même valu de plus
le désagrément de m'entendre dire
souvent par des gens à qui je disais
de bonnes vérités, ou à qui je rede-
mandais de l'argent prêté dont ils
avaient perdu ou voulu perdre la
mémoire, que je rêvais, ou que je
battais la campagne..... Eh ! mor-
bleu ! c'est eux plutôt que j'aurais dû
battre !...

Enfin, comme je grandissais, et que
mon esprit suivant le développement
de mon corps, devenait plus actif en
même tems que l'autre devenait plus
vigoureux, mon père, qui se nom-
mait M. Bonhomme, là, puisque vous
voulez le savoir et que vous me l'a-
vez déjà demandé quand je n'étais

2 *

pas en état de vous le dire ; mon père
donc, qui était bien digne de son
nom, et qui de plus était fort riche,
pensa qu'il était tems de commencer
à me donner une éducation que je ne
pouvais pas recevoir dans sa maison,
dont ses occupations l'éloignaient
continuellement.

Je vais donc passer rapidement sur
les premiers momens peu intéressans
de ma vie, pour arriver à des époques plus importantes. Je fais grace
au lecteur du récit de tous les petits
guignons de mon enfance, et je le
transporterai de suite avec moi au
collège, où j'aurai quelques traits encore à lui raconter de la fatalité qui,
dans tous les tems, sembla attachée à
l'existence de mon malencontreux individu.

Ce fut à dix ans que, déjà d'une jolie taille pour mon âge, d'une figure

assez intéressante et d'un esprit pas-
sablement espiègle , on me claque-
mura dans l'enceinte d'une grande
maison , fermée de tous côtés par de
hautes murailles, et que j'aurais pu
prendre pour une forteresse , si au
lieu d'être gardée par des soldats, elle
n'eût été habitée simplement par des
hommes en longs habits noirs, portant des bonnets à cornes de la même
couleur. C'était, en un mot, un collége tenu par les révérends pères Jésuites , où je fus reçu pensionnaire.

Je ne tardai pas à m'y faire distin-
guer par ma gaité, ma hardiesse, la
fermeté de mon caractère, les saillies
de mon esprit, et la fertile invention
de mes ruses en tous genres ; de sorte
que je devins le coryphée de la bande
joyeuse, le chef de toutes les entreprises sournoises ou malicieuses, et le
sujet le plus redoutable aux révérends

pères qui nous surveillaient ; par conséquent l'objet prédestiné de toutes
les punitions que leur dépit et leur
rancune les portaient à nous infliger.
Tous les tours que l'on voulait leur
jouer devaient être soumis à mon
approbation, et aucun n'aurait été
exécuté, s'il n'avait eu d'avance ma
sanction, et si je ne m'étais chargé de
diriger l'entreprise et de surmonter
moi-même les premières et les plus
fortes difficultés; en un mot, j'étais
l'Achille, le Roland, le Don Qui-
chotte de tous les jeunes forbans, pi-
rates et dévastateurs des jardins, des
basses-cours, des caves et des cuisines
de nos caffards instituteurs.

Aussi, très-souvent et dans presque
toutes nos expéditions de jour ou de
nuit, je remportais de nos différentes
escarmouches, ou des blessures hono-
rables qui attestaient ma valeur et

mon effronterie, ou l'on m'adjugeait
des châtimens qui, loin d'abattre mon
courage, ne faisaient que redoubler
et exciter en moi le désir de la vengeance.

CHAPITRE VI.

Les Poires.

Les révérends pères avaient, sur le derrière du collège, un assez beau jardin garni d'arbres à fruit de la meilleure espèce. On sait que le caractère général des béats pères de toutes robes est d'être gourmand, comme celui de tous les écoliers est d'être espiègle et voleur de friandise, au moins autant pour le plaisir d'en frustrer les propriétaires, que pour celui de s'en régaler eux-mêmes. Nos Jésuites faisaient donc cultiver dans ce jardin des fruits de la meilleure qualité, qui se servaient à leurs des-

serts, tandis qu'à nous autres dont
les parens leur payaient une forte
pension , on ne nous donnait que
le rebut des pommes , poires et
prunes , ou piquées, ou vertes, ou
tombées.

Un jour que, pour la première fois,
j'avais, d'une fenêtre de notre dortoir
apperçu le jardin et admiré les beaux
arbres chargés de fruits mûrs et appétissans qu'il renfermait , mes yeux se
fixèrent sur un poirier de la plus
belle apparence , dont la seule vue des
poires brillamment colorées me fit
venir l'eau à la bouche.

Aussitôt je conçus le dessein d'aller
à la picorée sur cet arbre, et d'en
consacrer la dépouille à mes bons
petits camarades; car, peu friand par
moi-même , semblable au célèbre
Alexandre, je ne voulais que l'honneur de vaincre et de conquérir, et

je partageais le fruit de mes victoires entre ceux qui m'avaient reconnu pour leur chef.

Ne pouvant me procurer une clef de ce verger, qui était aussi surveillé par nos pédans que jadis le jardin des Hespérides, je m'étudiai tant, j'essayai de tant de manières, que je vins à bout de fabriquer une échelle de corde assez longue pour arriver jusqu'au jardin. Quand je fus bien sûr de mon fait, j'avertis mes dignes acolytes de se tenir prêts pour la nuit suivante, de se munir chacun d'un panier, et de descendre à la sourdine par cette échelle, quand les pères seraient endormis, pour me rejoindre au jardin, où je devais me rendre le premier et me tenir caché dans ce fameux poirier que je leur indiquai et dont nous convoitions si ardemment la succulente garniture. Tout

réussit à souhait, et nous nous em-
parâmes du poste.

J'avais lu dans une histoire des
Isles, que les singes, lorsqu'ils veu-
lent, en pareil cas, voler les fruits dans
une habitation, ont l'instinct très-spi-
rituel de se distribuer d'une manière
fort avantageuse, pour ne pas être
surpris, ou pour ne pas perdre les
objets de leurs larcins. Ils posent d'a-
bord des sentinelles pour observer de
loin les survenans et donner l'alarme
à leurs camarades voleurs ; ensuite,
ils forment une file qui commence
depuis l'entrée du bois voisin de l'habitation, et qui se prolonge jusqu'au
pied de l'arbre qu'on veut dépouiller,
et sur lequel grimpe le plus alerte de
la troupe. ..

L'emploi de celui-ci est simplement d'arracher tous les fruits, et de
les jetter en bas au singe le plus près

de l'arbre ; celui-ci les rejette à son premier voisin, qui les repasse vîte au second ; celui-là au troisième, et ainsi de suite ; . . . . ce qui fait l'effet en sens contraire de l'échelle dont le patriarche Jacob eut la miraculeuse vision, et que nos maçons ont imité depuis pour faire monter les moëlons de mains en mains jusqu'au haut d'un bâtiment . . . . de sorte que quand le singe en faction donne l'alerte, tous les voleurs décampent vivement, sans que rien les embarrasse dans leur fuite, et les fruits volés sont déjà dans le bois en sûreté pour eux, et hors de la reprise des propriétaires.

J'avais donc disposé mes petits complices dans le même ordre. Deux étaient à la porte du jardin, au bas du mûr de notre dortoir avec des paniers qu'ils remplissaient des poires que ceux de la file leur passaient à

mesure que moi cueillant, je les leur
jettais ; et sitôt qu'un des paniers
était plein, on l'accrochait à un cram-
pon tenu par une ficelle, que d'autres
camarades qui les attendaient en haut
enlevaient par la fenêtre du dortoir...

Comme j'étais très-alerte et que
j'employais habilement mes deux
mains, la maraude allait grand train,
et déjà plusieurs paniers remplis
avaient remonté sans accident, pour
en cacher les poires dans nos pail-
lasses, que nous savions que la pa-
resse des domestiques qui faisaient
nos lits leur défendait de remuer souvent ; lorsqu'une maladresse de celui
de nos camarades, que j'avais mis en
sentinelle, ou plutôt une méchanceté
de mon mauvais génie, vint dérouter
un plan que j'avais si bien concerté
et dont j'étais au moment de recueillir
le plein et glorieux succès.

Notre factionnaire malavisé s'imagine faussement avoir entendu quelque bruit, et entrevû l'ombre d'une robe noire, aussi-tôt, plus maladroitement encore, il nous donne l'alerte par un coup de sifflet et par un cri de sauve qui peut.

Soudain tous mes camarades de s'enfuir et de regrimper après l'échelle pour remonter au dortoir ; mais moi, qui avais à redescendre de l'arbre, et qui, par conséquent, ne pouvais me sauver aussi vîte, je fus ratrapé et arrêté dans ma course par deux gros mâtins qui étaient accourus au bruit, et qui, avant que j'eusse pû arriver à l'échelle, ou m'y élever assez pour éviter leurs dents meurtrières, me happèrent les mollets et les fesses, et me les mirent dans un tel état que la plus cruelle flagellation ne m'aurait pas aussi rigoureu-

sement puni. Aussi, depuis ce jour, je
n'ai pû souffrir les chiens et je n'ai plus
voulu manger de poires, ayant bien
à juste titre appellé celles que je
venais de cueillir *des poires d'An-*
goisse.

CHAPITRE VII.

Le Grenier et les Toits.

CETTE correction que les cerbères m'avaient infligée, m'épargna donc celle que j'aurais pu recevoir des pères ; car, après qu'ils eurent passé en revue tous les postérieurs de mes camarades, et qu'ils vinrent à me faire exhiber le mien, ils convinrent entre eux que leurs verges ou martinets n'auraient pu le travailler ou le guil·locher aussi énergiquement qu'il était. En effet, je fus obligé de rester quinze jours dans mon lit couché sur le ventre, et le père infirmier qui pansait régulièrement mes blessures tous les matins, ne put s'empêcher de me dire chaque fois en palpant mes chairs

meurtries : « Mon cher enfant, j'ai-
» merais mieux vous avoir flagellé
» dix jours de suite en bonne santé,
» que voir votre pauvre *tergum* en
» un si déplorable état ».

Enfin, je fus guéri, et le bon père,
pour être plus certain de l'effet de sa
cure, me retint encore au lit huit
jours de plus, pendant lesquels il
me visitait complaisamment matins
et soirs, pour s'assurer, disait-il, que
les parties offensées étaient parfaite-
ment rétablies, et que je n'avais plus
besoin de ses soins.

Quoique j'eusse très-fort souffert
pendant mes premiers pansemens, le
repos de ces trois semaines m'ayant
beaucoup rafraichi, je n'eus aucun
ressentiment désagréable de ma mé-
saventure, et je ne perdis nullement
l'envie de profiter de toutes les occasions possibles pour jouer de nou-

veaux tours à nos révérends. Il ne
tarda pas à s'en présenter une.

Nos pères, craignant une nouvelle
irruption de notre part sur leurs
fruits, s'étaient hâtés de faire cueillir
tous ceux qui étaient à - peu - près
mûrs, et les avaient renfermés dans
une pièce qui servait de resserre ou
de fruitier pour les conserver. De
leur côté, mes petits camarades qui
avaient sur le cœur la correction
qu'on leur avait appliquée sur une
autre partie, pour payer les poires
qu'ils n'avaient pas mangées, car on
avait bien eu l'attention de les leur
reprendre, ayant vu dépouiller tous
les arbres, et guetté l'endroit où on
en déposait les fruits, vinrent m'en
faire le rapport et exciter mon amour-
propre, en implorant mon appui pour
tenter cette plus illustre conquête.

Le désir de rétablir auprès d'eux

ma réputation, et de les dédommager
de la punition humiliante et doulou‑
reuse que mon manque de succès
dans ma précédente entreprise leur
avait fait subir, enflamma mes sens,
et je leur promis le sac et le pillage
du fruitier, que je leur répondis d'em‑
porter d'assaut.

Un scrupule m'arrêta encore ; car
j'avais bien juré de ne plus toucher
aux poires ; mais comme ils m'obser‑
vèrent que le magasin que je devais
attaquer ne renfermait que des pêches,
du raisin et autres fruits qui n'avaient
pas été compris dans mon serment,
je crus pouvoir mettre à fin cette nou‑
velle et brillante aventure.

Je commençai donc par prendre
des renseignemens sur le local du
fruitier que je voulais mettre à con‑
tribution.... Je sus bientôt que c'était
une mansarde attenante à un autre

grenier dans lequel on serrait de la paille, du foin et de l'avoine pour les chevaux du père supérieur du collège. Or, comme cette mansarde précieuse était fermée et gardée par une triple ferrure, n'ayant aucun moyen de les forcer, j'avais observé que le grenier qui y communiquait, n'étant fermé de ce côté-là que par un faible cadenas dont je pourrais aisément limer la branche, j'entrerais dans ce grenier par une lucarne qui donnait sur le toit, à l'aide d'une échelle qui était accrochée au haut de l'escalier.

Tout mon plan étant ainsi bien combiné, je choisis encore une nuit pour cette nouvelle expédition. Je réussis d'abord on ne peut mieux. Je posai l'échelle, je grimpai sur le toit, j'entrai dans le grenier, je limai le cadenas, je pénétrai dans le cellier, et déjà mon odorat s'embaumait des flatteuses odeurs des fruits que je comptais bien faire mieux que sentir.... Déjà j'avais préparé un grand sac, et je n'étais plus embarrassé que du choix des plus beaux et des plus appétissans, que je pouvais aisément reconnaître à la faveur d'un propice clair de lune qui éclairait tout le cellier.

Mais voilà où m'attendait encore le maudit lutin qui me persécute, et où mon pauvre saint Guignolet m'abandonna comme à son ordinaire. Je tenais la plus belle des pêches de cette savoureuse collection, et je la mangeais d'avance et en à-compte pour juger du plaisir que mes camarades allaient avoir en se repaissant de ce fruit défendu pour nos bouches profanes ; j'en avais même déjà mis plusieurs dans mon sac, lorsque j'entendis ouvrir par l'autre côté une des trois serrures de la porte du cellier.

Eh vîte, je me sauve, abandonnant ma capture; je repasse par la porte de l'autre grenier, je remets le cadenas, tant bien que mal; je saute par la lucarne sur le toit, et je vais chercher l'échelle pour m'en retourner au dortoir comme j'en étais venu.... Eh bien, cher lecteur, voilà encore un guignon de plus! J'avais été apperçu en sortant du dortoir, on m'avait suivi dans l'escalier, et après m'avoir vu grimper sur le toit, on m'avait coupé la retraite, en retirant l'échelle.

Me voilà donc dans le plus grand embarras, juché sur un toit à un sixième étage. Pour comble d'infortune, le ciel, qui était si clair quand j'avais commencé mon pélerinage nocturne, s'obscurcit tout-à-coup, la

lune fut cachée par des nuages amon-
celés, et un orage furieux, accompagné d'éclairs éblouïssans et de ton-
nerre effrayant, fit tomber sur moi,
chétif, un déluge d'eau qui me péné-
tra en un instant jusqu'aux os, d'autant mieux que j'étais venu en simple
chemise, parce que depuis notre belle
expédition du jardin, l'on avait la
précaution d'enlever nos vêtemens,
sitôt que nous étions couchés, pour
ne nous les rendre que le lendemain
matin; mais cela ne m'avait pas arrêté.

Je n'osais remuer un pied, dans la
crainte de glisser sur ce toit, où le
chat le plus ergotté n'aurait pas pu se
tenir alors; cependant l'appréhension
plus forte encore d'être entraîné par
la pluie qui, redoublant toujours,
roulait autour de moi par torrens,
me détermina à tâcher de rentrer

dans le grenier, pour laisser passer cette terrible averse et pouvoir aviser plus tranquillement aux moyens de me tirer du danger qui menaçait toute ma personne d'un côté, ou au moins le moule de mes culottes de l'autre.

A force de précautions, et en me cramponnant à une bienheureuse cheminée qui avoisinait la lucarne, je parvins enfin, non sans des transes mortelles, à rattraper cette lucarne protectrice et à me réinsinuer dans le grenier.

Ne voulant pas rester dans ma chemise trempée, qui me glaçait le corps, je l'ôtai pour la tordre, et m'essuyai avec un des sacs à avoine vide que je trouvai sous ma main ; ensuite m'enveloppant dedans, je me couchai sur des bottes de paille pour rêver à ma douloureuse situation ; mais à force de me creuser la cervelle sans

trouver aucun expédient, la fatigue
du corps et le trouble de l'esprit me
firent succomber au sommeil, et des
rêves sinistres me présagèrent pendant cette cruelle nuit le tragique ré-
veil qui m'attendait le lendemain.

CHAPITRE VIII.

Suite de l'histoire du Grenier. Le Sac à avoine.

———

Dès la pointe du jour, le garçon d'écurie monta au grenier pour chercher la provision des chevaux pour la journée ; il jetta d'abord par la lucarne, dans la cour, les bottes de paille et de foin nécessaires ; et comme le coffre à avoine était vide , il en voulut prendre un sac pour le jetter de même, et s'épargner la peine de le descendre d'un sixième étage. Or ce fut justement celui qui me renfermait qui se trouvait le plus proche de lui. Il m'empoigna donc, et me posa sur l'appui de la lucarne pour me faire faire le saut... Vous frémissez, lecteur ! et vous pensez peut-être que voilà mon dernier guignon.

Hélas ! vous n'avez donc pas compté ? Oh ! mon étoile fatale m'en réservait bien d'autres encore ! . . . . La douleur que je ressentis en étant appuyé rudement sur une barre de fer qui traversait la lucarne, me fit faire dans le sac un mouvement violent que l'avoine n'avait pas habitude de faire. Le garçon étonné, presqu'effrayé même de ce mouvement qui lui paraît surnaturel, s'imagine que c'est au moins une douzaine de chats, ou peut-être même, un revenant ou un sorcier qu'il tient dans ce sac. Mais la pensée qu'il lui vient aussitôt que les saints pères pourront l'exorciser, lui redonne du courage, il prend une corde, en lie fortement l'ouverture du sac, sans oser cependant regarder dedans; et craignant

3 *

s'il me jettait par la fenêtre, que je
ne m'envolasse en liberté, il prend le
parti de me descendre lui-même sur
ses épaules dans l'écurie, où il me
dépose sous la garde des autres pal-
freniers, et va chercher le père principal, le père procureur, et tous les
dignitaires du collège, qui prévenus
par l'étrange récit que son imagination troublée le porte à leur faire,
arrivent dans l'écurie, portant leurs
étoles, précédés de la croix, et suivis
d'un bedeau chargé d'un sceau d'eau-
bénite et d'un large goupillon.

Alors, avec toutes les cérémonies
d'usage, et en présence d'un grand
nombre d'assistans accourus pour vérifier, et être témoins d'un fait aussi
extraordinaire, les pères, les pensionnaires, les domestiques.... Le révérend supérieur s'agenouille dévotement, commence à marmotter des

oremus sur le sac qu'il a préalable-
ment et abondamment aspergé d'eau
bénite ; et enfin, il délie les cordons...
Jugez du curieux tableau qui s'offrit
aux regards de l'assistance qui, la
bouche béante et les yeux égarés
s'attendait à voir sortir de ce sac un
hideux habitant ou suppôt des enfers ;
lorsqu'ils virent un jeune garçon de
ouze ans tout nud, s'étendre, bail-
ler, pleurer en reconnaissant ses juges
et leur demander grace.

Soudain l'énigme fut expliquée:
On devina qui avait placé l'échelle
contre le toit, qui avait pénétré dans
le fruitier, qui avait ensaqué les
pêches, etc., etc. Aussitôt la croix
disparait, le bédeau remporte son
sceau d'eau-bénite et son goupillon,
et se trouve remplacé par le correc-
teur assisté de trois ou quatre garçons
armés de martinets, de verges, de

disciplines , qui s'évertuent à qui
mieux sur mon pauvre corps dont
aucun vêtement ne peut me parer
un seul de leurs coups, et après m'a-
voir mis tout en sang, on me reporte
à l'infirmerie où le même père qui
m'avait déjà traité après mon histoire
des poires, me reconnaît à l'inspec-
tion, et me dit d'un ton caffard :
« Consolez-vous, mon petit ami,
» cela n'est pas dangereux. En peu
» de jours je vous mettrai à même
» d'en recevoir encore autant, et j'es-
» père que vous me ferez bientôt
» une nouvelle visite ».

En effet, je fus bientôt en état de
retourner à la classe, et de reprendre
mes exercices. Cette dernière aventure me fit faire des réflexions et me
dégoûta absolument de ma friandise
pour tous les fruits quelconques.
Bien plus, me rappelant ce que j'a-

vais souffert dans le grenier et sur le
toît, je les pris en grippe, et quand
j'apperçois même de loin un cou-
vreur sur un toît , je prens mes
jambes à mon cou et me sauve au
plus vîte, de peur qu'il ne me tombe
sur la tête.

———✳———

CHAPITRE IX.

Le Cigne et le Bassin.

Ces deux corrections, d'un genre très-différent, m'avaient bien guéri de ma passion pour les fruits, et de la vanité trop risquable d'escalader les toits et les arbres, et depuis quelques tems, cherchant à faire oublier mes premières fredaines dont j'avais été si bien payé, mes supérieurs n'avaient rien à me reprocher ; ils me citaient même presque déjà aux autres pensionnaires comme un modèle à imiter, et comme une preuve parlante de l'efficacité de leurs remèdes flagellans pour faire parvenir jusqu'à la tête et au cœur la sagesse et la raison qu'ils nous insinuaient par une partie bien opposée. J'évitais même de porter mes regards du côté du jardin, ou du toit qui recouvrait leur fruitier :... mais le feu couvait sous la cendre, et je ne m'occupais continuellement qu'à trouver les moyens de faire à ces bons pères fouetteurs une autre pièce plus piquante pour eux, et moins dangereuse pour moi.

Un beau jour, c'était la fête du père principal, et grand congé dans le collège en son honneur ; on mena les pensionnaires, moyenant une rétribution que nous payâmes tous, dans une belle maison de campagne qui dépendait de l'administration de notre collège, et où l'on nous servit un dîner un peu plus abondant que celui de tous les jours, mais qui nous coûtait bien à chacun de quoi payer un mois de nos repas ordinaires. On chanta, on déclama des vers en l'hon-

neur du principal, et pour récompense de nos politesses et de nos présens; car chacun avait en outre offert
son bouquet, non de fleurs, les saints
pères n'étant pas friands de cette fu-
tile denrée, mais bien en argent, en
café, en pains de sucre, en livres de
bougie, etc., etc., on daigna louer
nos faibles compositions, et pour
nous en remercier, nous permettre
de nous lever de table au dessert, et
d'aller nous promener et jouer dans
le jardin, pendant que les révérends
allaient joyeusement et gloutonné-
ment gober les fruits en notre absence, avaler le café Moka, et sabler le
vin de Champagne et les liqueurs des
Isles, de madame Amphoux.

Nous nous distribuâmes donc chacun de notre côté dans le vaste jardin
de cette champêtre et agréable habitation ; et moi sur-tout, qui avais

formé mon projet d'avance, je m'é-
cartai de mes camarades et affectai
de me promener seul, sous prétexte
de quelqu'indisposition subite.

Dans cet enclos il y avait une assez
belle pièce d'eau, où une paire de
beaux cignes mâle et femelle avait
sa cabane et se promenait en nageant
majestueusement. C'était sur ces in-
nocens oiseaux que j'avais jeté mon
dévolu, pour le tour que je voulais
jouer à nos Jésuites.

Dans cette intention je m'étais
pourvu d'une longue ficelle, au bout
de laquelle j'avais attaché un hameçon, et j'avais gardé un morceau de
mon dîner pour servir d'appât à l'un
des deux cignes. Piqué de ce qu'on
ne nous avait servi à table, en remer-
cîment de nos cadeaux, qu'une dinde
assez coriace, j'avais résolu de pê-
cher un de ces oiseaux, dont je sup-

posais la chair beaucoup plus appé-
tissante : je me serais échappé pendant le tumulte et les distractions
qu'occasionnait la fête ; j'aurais porté
le cigne chez un rôtisseur ; je l'aurais
ensuite rapporté tout rôti dans notre
dortoir, où pendant la nuit mes camarades et moi l'aurions expédié jusqu'aux os, pour n'en pas laisser de
traces.... Mais l'homme propose,
dit-on, et Dieu dispose, ou plutôt le
mauvais démon qui ne me perdait
pas de vue.... Rôdant le long des
bords de ce bassin, je cherchai à m'approcher des cignes assez à portée pour
pouvoir lancer ma ficelle au-devant
d'eux ; je trouve l'instant favorable,
et l'un d'eux gobe aussitot l'hameçon ; alors moi de retirer bien vîte
ma ficelle pour ramener ma proie ;
mais l'oiseau se sentant piqué, fuit
vers sa cabane ; ma ligne suivant ses

mouvemens, s'accroche à l'un des pi-
quets ; j'ai beau tirer, elle s'entortille
davantage. Dans ce moment j'entends
de loin des révérends pères qui venaient de mon côté ; la peur me
prend , je perds la tête , et au lieu
d'abandonner la ficelle, je fais un ef-
fort pour la casser; ne pouvant ramener le cigne avec elle. Je m'avance
indiscrètement sur les bords du bassin , la terre s'éboule sous mes pieds ,
je tombe dans l'eau , et loin d'avoir
pêché le cigne , c'est moi qui me
trouve pêché par lui.

Quelques-uns de mes camarades
m'ayant vu tomber , font retentir
le jardin de leurs cris; on accourt
de tous les côtés, et, à l'aide d'une
petite nacelle qui servait à promener
les pères sur l'eau , on vint à bout de
me retirer , mais après que j'eus bu
suffisamment et perdu connaissance.

On me reporta donc pour la troisième fois à l'infimerie ; on me dé-
pouilla, on me pendit par les pieds
pour me faire rendre l'eau que j'avais
avalée, et le père infirmier qui ne se
lassait pas de me revoir, me fit compliment, après m'avoir bien visité
par-tout, de ce qu'il me revoyait sans
que mes parties ci-devant molestées
fussent affligées de nouveau. Mais le
cigne qu'on trouva mort et accroché à
sa cabane avec l'hameçon et la ficelle,
me fit bien payer son trépas après ma
convalescence : cela m'a encore dé-
goûté de la pêche et donné une juste
horreur pour tous les animaux aqua-
tiques.

CHAPITRE X.

Le Jeu de Barres.

A PEINE étais-je rétabli de ma noyade, que je repris mon train de vie ordinaire, et qu'oubliant toutes les disgraces que mon étourderie m'avait déjà attirées, je cherchai de nouveau à signaler la supériorité que j'avais sur tous mes camarades dans les exercices de tous genres.

Un jour de congé, notre instituteur particulier nous mena promener du côté de la plaine de Mont-Rouge. Nous trouvant là dans un grand terrein uni, nous nous proposâmes de jouer aux barres, jeu très-aimé des écoliers, et dans lequel mon agilité étonnante m'avait fait reconnaître pour un des plus forts.

Nous nous mettons donc à courir,
tandis que notre précepteur, assis à
quelque distance de nous, s'occupait
à la lecture d'un livre qu'il avait ap-
porté.

Nous jouïons déjà depuis quelque
tems, lorsque j'allai demander barre
à un des écoliers de la troupe adverse
à la nôtre, c'est-à-dire, lui proposer
le défi de m'attraper à la course. Il
l'accepte, et soudain s'élance après
moi ; mais, léger comme un cerf, je
fuis avec la rapidité de l'éclair ; je le
dépasse de bien loin ; et le croyant
toujours à ma poursuite, quoique je
l'eusse déjà mené à une grande distance de l'endroit où notre jeu avait
commencé, courant toujours avec
ardeur et sans précaution, je tombe
de quinze à vingt pieds dans une fosse
que l'on avait commencé à creuser
pour chercher une carrière, et qui,

abandonnée depuis quelque tems, ne servait plus qu'à y jeter les cadavres des chevaux et autres animaux qui mouraient dans les environs.

Fort heureusement, je ne fus ni estropié, ni blessé; mais la violence d'une chûte aussi considérable me fit perdre connaissance. L'écolier qui m'avait suivi, m'ayant vu une avance si considérable sur lui, avait rétro-gradé, sans avoir vu ma culbutte; et poursuivi lui-même par d'autres ca-marades, il ne songea plus à moi, de même que les autres, que l'activité qu'ils mettaient à leur jeu tenaient dans une distraction perpétuelle.

Mon évanouissement m'empêchait aussi de crier et de demander du se-cours; et le pédant qui nous avait conduits, se réveillant en sursaut d'un assoupissement où sa lecture l'avait plongé, et voyant que le jour baissait, ordonna aux pensionnaires de se r'habiller, pour retourner au collège.

Le diable ne voulut pas qu'on pensât à moi. Les écoliers ne s'occupant que du plaisir qu'ils venaient d'avoir, se rajustaient à la hâte, et le précepteur, pressé de r'emmener son détachement, partit sans faire l'appel ; de sorte que l'on ne s'apperçut pas que je manquais, et je fus ainsi abandonné dans mon trou, comme jadis Daniel dans la fosse aux lions.

Lorsque la connaissance me fut revenue, il était déjà nuit ; le ciel était obscur, et ne me rappelant que confusément les évènemens de la journée, tâtant autour de moi, et touchant les ossemens qui me servaient de matelas, je crus d'abord être couché dans mon lit, que je rê-

vais, et qu'un songe désagréable fati-
guait mon imagination.

Je m'agitai et me secouai, dans l'intention de me réveiller tout-à-fait et
de perdre, en changeant de position,
les idées sinistres qui troublaient mon
sommeil : mais l'odeur cadavéreuse
m'empoisonnait ; et m'étant relevé
sur mes pieds, je parvins à me convaincre que je ne dormais pas. Mais
où étais-je ? En voulant marcher je
trébuchais à chaque pas, et en retom-
bant je ne sentais sous mes mains que
des objets dégoûtans, et qui ne me
laissaient former aucune conjecture
vraisemblable, puisque je n'y voyais
goutte, et que j'étais bien loin de
pouvoir soupçonner la vérité ; j'avais
beau avancer avec précaution en
étendant les mains, je ne rencontrais
autour de moi que les contours de la
fosse qui m'ensevelissait tout vivant.

Dans cette cruelle anxiété , force me fut d'attendre le jour pour savoir à quoi m'en tenir. Mais quelle affreuse situation pour un jeune homme de treize ans ! et quelles douloureuses réflexions ne devaient-elles pas m'inspirer !...

Il luit enfin ce jour que j'attendais avec tant d'impatience.... Mais qu'on juge de l'horreur et de l'effroi dont mon ame fut saisie, en me voyant à vingt pieds sous terre, dans un gouffre qui n'avait pas douze pieds de largeur, tout entouré et à moitié recouvert des restes immondes de bêtes mortes , dont quelques-unes encore n'étaient qu'à demi consommées, et nuls moyens de pouvoir me retirer de ce sépulcre odieux , où le martyre de la faim allait sans doute ajouter mon cadavre à ceux qui l'infectaient déjà !

Mon désespoir fut au comble...
Je pleurai, j'enrageai, je poussai des
cris lamentables... Mais à vingt pieds
sous terre et au milieu d'une plaine
très-éloignée du chemin, nul être
humain n'était à portée de m'entendre, et mes cris et mes gémissemens
se perdaient inutilement dans le
vague des airs ou dans le sein de la
terre.

Cependant le pédant ayant recon-
duit ses écoliers, s'était apperçu à la
prière du soir qui se faisait en com-
mun, que je n'y étais pas. On m'appelle, on me cherche par - tout et
l'on ne me trouve pas, grande inquiétude alors. On se rappelle la promenade , et la fameuse partie de
barres. L'écolier qui avait couru
après moi, commença à avoir quelques soupçons que j'aurais pû avoir
formé le projet de profiter de cette

occasion pour me sauver et abandonner le collège.

Il fit part de cette idée au père qui nous avait conduits ; celui-ci craignant une verte réprimande du père supérieur pour sa négligence, et pour avoir, tel qu'un mauvais berger, laissé perdre une des brebis de son troupeau, se décida à tout essayer pour me retrouver lui-même.

Dès le grand matin du lendemain, il partit, en s'acheminant d'abord du côté de la plaine où nous avions joué, dans l'intention de fureter les villages les plus voisins, et s'il ne m'y rencontrait pas, d'aller me redemander jusques chez mon père.

Il arriva donc et très-heureusement pour moi assez près du trou qui me récelait, pour pouvoir entendre les derniers soupirs de ma voix presqu'étouffée ; fort surpris, il écoute

sans pouvoir deviner d'où partaient
ces sons lamentables.

La robe de moine n'inspire pas un
grand courage; mais après avoir fait
maints signes de croix et avoir mar-
motté quelques prières à St.-Ignace,
il prit enfin sur lui d'avancer, et il
m'apperçut dans la fosse, où j'étais
prêt à rendre mon dernier souffle.

Mais comment me retirer de là! par
bonheur il vit de loin des paysans
qui conduisaient une charrette, il
courut à eux et les engagea à venir
l'aider pour faire une bonne œuvre,
leur donnant d'avance pour récompense l'absolution du premier gros
péché qu'ils commettraient; ils vinrent donc munis d'une corde, ils y
firent un nœud coulant et la descen-
dirent devant moi en me criant de
la passer à l'entour de mon corps;
à peine avais-je la force de le faire;

mais avec une longue perche qu'ils
avaient apportée aussi, ils vinrent
à bout de la passer eux-mêmes et de
serrer le nœud coulant. Alors ils
m'enlevèrent plus mort que vif et
l'on m'établit sur de la paille dans la
charrette qui me reporta au collège.

CHAPITRE XI.

L'arête de Carpe.

Je fis une assez longue maladie, dont la jeunesse et la force de mon tempérament surmontèrent les dangers, et l'on pense bien que je fis encore un nouveau serment, qui fut de ne plus jouer aux barres.

Je n'étais pourtant pas à la fin de mes catastrophes, et de nouvelles tribulations m'attendaient. A peine réchappé des suites de ce dernier guignon, étant un dimanche de carême au réfectoire, où l'on nous avait servi pour notre souper une carpe frite, car c'est l'usage dans les colléges, et le dindon étique que l'on nous sert

le dimanche pendant le reste de l'année , est remplacé , pendant la sainte
quarantaine de pénitence , par une
carpe bourbeuse tirée des étangs ;
j'allais manger avec assez d'appétit,
pour réparer autant que l'exiguité de
notre repas le permettait, la longue
abstinence à laquelle j'avais été réduit ; mais un nouveau guignon vint
encore m'assaillir à table , me priver
de ce souper un peu passable , sur lequel j'avais bien compté , mais sans
mon hôte , et me faire souffrir d'autres douleurs.

Dès le premier morceau que je
voulus avaler , une maudite arête
de cette carpe s'enfourche en travers
dans mon gosier, et s'y crampona
obstinément. Je fis des efforts terribles pour m'en débarrasser...je vomis
avec des convulsions, non pas ce que
j'avais mangé , car hélas! mon esto-

mac était bien vide de viande , mais l'eau des tisannes que j'avais bues , mêlée avec du sang , et l'on m'emporta du réfectoire prêt à étrangler.

Je passai toute la nuit dans des souffrances inouies ; le jour ne m'apporta pas plus de soulagement. J'éprouvais un double supplice par les différens expédiens dont on s'avisait pour déloger cette perfide arête , et toutes les têtes des poreaux du potager me furent vainement enfoncées dans la gorge.

Enfin on crut devoir recourir au chirurgien ; ce mauvais et ignare carabin imagina bêtement de me saisir l'arête avec des pinces ; il me fit donc étendre sur mon lit , me tint la bouche ouverte plus que de nature , en me fourant entre les dents des tapons qui me disloquaient et me fendaient les machoires ; puis m'enfonçant ma-

4 *

ladroitement sa pince, il me saisit, non pas l'arête, mais la luette qu'il serra et tira à lui, au point que je perdis la respiration, et tombai pâmé dans ses bras.

Ce diabolique quiproquo de sa part avait par hasard déraciné l'arête que je rendis pêle-mêle avec des caillaux de sang, et cet imprudent suppôt de St-Côme, tout fier de l'apparent succès de cette ridicule et funeste opération, qui me mettait encore bien plus en danger de mort que je n'étais avant, emporta en triomphant cette arête, assurant bien qu'il ne procéderait jamais autrement à leur extraction, quand même elles seraient enfourchées dans le gosier d'un monarque.

Pour moi, après être revenu de cette cruelle épreuve, je promis aussi de ne plus manger de carpes.

CHAPITRE XII.

Le Jeu de Volant.

———

Heureusement pour moi que la
gaîté de mon caractère me faisait oublier le mal aussitôt qu'il était passé.
Toutes mes disgraces précédentes
n'avaient laissé dans ma mémoire aucune impression de tristesse, et je me
remis bientôt à rire et jouer comme
auparavant, sauf que je ne violai aucune des promesses que je m'étais
faites à moi-même, et que mon mauvais génie, si malin et si acharné qu'il
fût contre moi, n'aurait pu me rattraper deux fois au même piège... mais
il en avait tant à me tendre!... et
mon imprévoyant Saint-Guignolet ne
savait pas m'en préserver d'un seul;

aussi je donnai bientôt après dans **un**
des plus perfides.

Un jour de congé où nos pensionnaires avaient été conduits à la promenade, moi à peine guéri de l'opération de mon arête, craignant d'ailleurs de succomber aux sollicitations
que me feraient mes camarades pour
jouer aux barres avec eux , j'avais
demandé à rester au collége pour **me**
reposer, et j'en avais obtenu la per-
mission, avec même des complimens
sur ma prudente réserve. Un autre
écolier de ma classe, convalescent
aussi d'une légère maladie, était resté
dans l'infirmerie.

M'ennuyant seul, je pensai à lui ,
et l'idée me vint d'aller le voir pour
nous dissiper ensemble ; comme il
n'avait plus besoin de remèdes, et
que c'était dimanche , le père infirmier étant sorti pour affaires , tous les

garçons de service avaient profité de
son absence, comme les inférieurs
font par-tout, quand les supérieurs
ont tourné le dos, et étaient allé les
uns au cabaret, les autres voir leurs
cousines ou leurs payses, car on sait
que les valets ont toujours des pré-
textes de parenté dans quelques coins
du royaume qu'ils se trouvent... d'ailleurs, il y a tant de manières de se
faire des parens, et il y a tant de portes
pour entrer dans une famille, que de
proche en proche, ou de loin en loin,
le plus chétif chrétien pourrait être
l'allié du grand turc.

Nous étions donc seuls dans l'infirmerie mon camarade et moi : nous
causâmes d'abord un peu, mais causer
n'est pas une occupation bien amu-
sante pour deux jeunes espiègles, et
nous eûmes bientôt épuisé le récit de
mes fredaines passées, et de celles

que nous comptions faire encore à
l'avenir. Il nous fallait une distraction
plus active ! jouons , mais à quoi ? à
cet âge et dans un collége , les cartes,
les dez... tous ces jeux intéressans
pour un âge plus avancé, n'avaient
pas encore d'attraits pour nous ; à
deux seulement on ne peut pas non
plus jouer à des jeux qui exigent une
certaine réunion de personnes. Un
volant et des raquettes que nous ap-
perçûmes fixèrent notre irrésolution,
et nous jouâmes au volant.

Après quelques coups repoussés de
part et d'autre , le volant fut malheureusement logé, car c'est le terme, sur
le baldaquin d'un des lits qui garnis-
saient un côté de la salle. En vain nous
secouons les rideaux , nous ne pou-
vons pas le déloger , l'impatience me
prit alors , je saute sur le lit ; je monte
après l'une des colonnes , me voilà

sur l'impériale, et à force de pousser
et de tirer à moi, un rideau se déta-
che, et je tombe avec sur la broche
d'un des montans du lit, où je m'em-
pale cruellement. Encore un guignon,
cher lecteur ! Je vous parlais tout-à-
l'heure du grand turc, et je ne savais
pas être si près d'éprouver le supplice
à la mode de son pays.

Ce nouveau malheur eut des suites
terribles : il fut même question de me
faire subir une opération qui m'aurait soustrait, hélas ! ce dont j'igno-
rais encore l'usage.

Comme j'étais à l'infirmerie, on
n'eut pas la peine de m'y porter. Pendant que je gissais sur ce lit que je
baignais de mon sang, mon camarade
courut par-tout pour appeler à mon
secours. Le père infirmier revint enfin, me visita, et voyant ma dangereuse blessure, cet homme compa-

tissant me dit avec componction :
» Ah ! mon cher enfant ! vous avez
» cette partie-là bien dévouée au mal-
» heur ! je peux dire sans vanité que
» j'ai vu les postérieurs de tous nos
» pensionnaires , mais aucun ne m'a
» passé par les mains et devant les
» yeux aussi souvent que le vôtre ;
» enfin , la volonté de Dieu soit faite.
» Jadis , un impie nommé Voltaire,
» a écrit qu'une certaine noble de-
» moiselle nommée Cunégonde ,
» avait perdu une fesse qu'on lui
» avait coupée , et il faudra peut-
» être vous les couper toutes les
» deux ; ce serait vraiment dom-
» mage, mais il faut de la résignation
à tout. »

Fort heureusement son sinistre
pronostic ne s'accomplit pas, et je
guéris sans perdre une de mes ju-
melles ; mais très-content de les avoir

sauvées, je jurai encore de ne plus jouer au volant. Cher lecteur! échappé d'un pareil danger, n'en auriez-vous pas fait autant à ma place ?

———◆◆◆———

CHAPITRE XIII.

La patte de Chat.

———

QUELQUE TEMS après le révérend père supérieur du collége vint à mourir, et fut enterré avec toutes les cérémonies usitées en pareil cas, dans le caveau de la chapelle, ce qui redoubla pour nous les offices et les pratiques de dévotion durant trois jours que nous ne quittâmes presque pas le pied de l'autel à prier malgré nous, pour le repos de l'ame du défunt, qui nous avait assez tourmenté de son vivant.

Le dernier de ces trois jours, étant dès quatre heures du matin rassemblés tous dans la chapelle, moi qui me mourais encore d'envie de dormir,

malgré la posture fatiguate où j'étais ;
à genoux sur la pierre qui recouvrait
l'escalier du caveau , je m'assoupissais
cependant en ne rêvant que morts ,
cercueils et cimetières. Soudain une
forte douleur que je ressens au genou me réveille en sursaut ; je me
relève avec frayeur , en poussant un
grand cri , et je cours tout égaré au
travers de la chapelle , en marchant
sur les jambes des écoliers et des pères
qui étaient tous agenouillés aussi.

Tous se mettent à crier comme
moi , autant du mal que je leur faisais que de la peur que mon effroi
leur inspirait : tous se relèvent de
même ; croyent voir ou entendre des
ombres ou des revenaus ; on se culbutte les uns sur les autres , et l'on
abandonne l'office et la chapelle pour
fuir dans les cours ou se sauver dans
les chambres.

Quand le tumulte fut un peu ap-
paisé , et que le calme des esprits permit de réfléchir , les pères voulurent
remonter à la source du désordre ;
or , comme c'était moi qui avait occasionné le scandale , sans vouloir
écouter mes raisons , et les assurances
que je donnais que l'ame du mort
était venue m'égratigner les genoux ;
sans s'arrêter aux preuves que j'en
offrais , puisque j'étais effectivement
écorché à cette partie , on se mit im-
pitoyablement à m'en écorcher encore
bien plus une autre , dévouée hélas! à
payer toujours pour tous les torts
vrais ou faux que je pouvais avoir ,
ou que l'on me supposait injustement,
mais de plus on m'en promit autant
pour trois jours de suite.

Cette correction non méritée me
donna pour le moins autant de colère
et de rancune qu'elle me causa de

douleur, et je ne méditais plus que
des projets de vengeance.

Cette belle exécution terminée, les
pères firent entendre aux pensionnaires que c'était un accès de folie
qui m'avait pris, mais que les morts
ne pouvaient pas sortir de leurs tom-
beaux pour faire du mal, sur-tout
dans un lieu saint, ou Dieu proté-
geait toujours les fidèles qui s'y ras-
semblaient pour le prier.

D'après maintes pieuses exhorta-
tions pareilles, on reconduisit les écoliers dans la chapelle, pour y assister
à l'office du soir ; mais tous, encore
agités de l'épouvante que je leur avais
causée le matin, s'écartaient en fré-
missant de la place que j'avais occu-
pée pendant la messe, et la laissèrent
vide.

Un des pères, pour les convaincre
que ce n'était qu'une imagination,

et qu'il n'y avait aucun danger, s'y agé-
nouilla devant eux , précisément sur
la même pierre ; mais tandis qu'il les
pérorait encore fort dévotement en
les blâmant de leur timidité ridicule,
et leur ventant la confiance dans le
seigneur , sa voix fléchit tout-à-coup,
il balbutia , perdit enfin la parole , et
tomba de son haut sur la pierre.

Oh ! pour le coup, voilà bien une
frayeur plus terrible qui s'empare de
tous les esprits. Tous les écoliers res-
sortent de nouveau ; tous les pères
accourent auprès de leur religieux
confrère pour vérifier le fait. On le
relève , et on a bien de la peine à le
faire revenir à lui.

Ayant repris connaissance, il mon-
tre son genou qui était effectivement égratigné comme l'était le mien ;
cette preuve de sa part qui fut mieux
écoutée que ne l'était la mienne, ne

fit que redoubler la surprise et la per-
plexité des révérends, qui étaient
prêts à crier au miracle, et à ordonner les prières de quarante heures.

Tandis qu'ils se creusaient la cervelle pour assigner une cause vraisemblable à un fait aussi extraordinaire, et qu'ils fixaient tous, dans un
silence morne, la pierre du caveau, ils
virent une patte de chat qui s'allon-
geait par une petite ouverture qui
était pratiquée au milieu de cette
pierre.

A cet aspect, le père procureur
qui se piquait d'avoir une des bonnes
têtes de l'ordre jésuitique, s'écria
comme par inspiration, et en se frap-
pant légèrement le front.

» Je l'ai trouvé, mes révérends
pères ! je sais ce que c'est ». Aussitôt
il donne ordre aux garçons et domestiques de prendre des pinces et de

soulever la pierre du caveau , ce qui
ne fut pas plutôt exécuté, que l'on en
vit sortir au milieu de tous les assistans à genoux , une chatte blanche
angola , qui appartenait à ce péné-
trant procureur , dont la bonne tête
avait si aisément deviné le miracle
supposé , et qui riait alors malicieu-
sement de la mine allongée des autres
pères , bien pénauts d'avoir été pris
pour dupes.

Pendant tout le jour et la nuit de
la mort et de l'inhumation du défunt
principal , le caveau était ouvert suivant l'usage. La chatte qui rodait par-
tout était descendue dans ce sou-
terrain , et quand on avait laissé retomber la pierre qui le bouchait,
elle s'était trouvée enfermée ; ayant
regrimpé l'escalier , elle avait été
arrêtée par cette pierre , et voyant
du jour par la petite ouverture , elle

y avait passé la patte , et égratigné ce
qui la recouvrait dans des instans.
Voilà ce qui avait causé nos terreurs
mortelles , et ce qui m'avait à moi
valu la cruelle flagellation que le
diable m'avait fait avoir , et que le
bon Dieu ne pouvait pas m'ôter.

Cependant les pères se piquèrent
de justice , ils m'exemptèrent des
deux autres fessées qu'ils m'avaient
promises , et me dirent pour me con-
soler de celle qui m'avait été si bien
administrée à compte , qu'elle me
passerait pour la première que je
mériterais.

Force me fut d'en passer par ce
marché-là , puisqu'il n'y avait pas de
remède ; mais je promis bien encore
que je ne me mettrais plus à genoux
sur les caveaux des églises.

CHAPITRE XIV.

Juste vengeance , dont je suis encore la dupe.

MALGRÉ les mielleux discours des sournois révérends , la douleur que je ressentais encore de leurs coups de martinet , entretenait ma rancune, et je cherchais tous les moyens de me venger , au moins de la chatte à qui j'en étais redevable. Je la guettais partout, et je me promettais bien de lui faire faire un bon saut , si jamais elle me tombait entre les mains.

Je m'y croyais d'autant plus autorisé, que je calculais que je n'avais rien à risquer, puisque j'avais été payé d'avance , et que mes fesses étaient assurées pour ma première fredaine.

Après que les cérémonies des ob-
sèques du dernier principal du collège furent terminées, on fit l'instal-
lation de son successeur ; ce jour est
célébré par une fête, et en son honneur on a congé dans toutes les classes
et double pitance à chaque repas ; de
sorte que, comme l'ordinaire de toute
l'année est assez maigre, les pensionnaires ne seraient pas fâchés de voir
renouveler le père supérieur une ou
deux fois par mois.

Nous nous en donnâmes donc à
cœur joie, et, comme on dit, à ventre
déboutonné pour la baffre ; même,
quand nos estomacs furent pleins,
nous eûmes encore la précaution de
garnir nos poches, pour parer un peu
à la mesquinerie que nous prévoyions
du service du lendemain.

Cette sage prévoyance de notre
part amena fort à propos l'occasion

que j e désirais ardemment. La chatte
du procureur, pour le moins aussi
gourmande que nous, avait flairé sur
l'escalier l'odeur des bons morceaux
que nous avions tous remportés dans
le dortoir, et nous avait suivis.

Tapie à la sourdine sous un de nos
lits, elle attendit vraisemblablement
que nous fussions livrés au sommeil,
pour sortir de sa cachette et venir se
régaler à nos dépens de ce qu'elle
pourait voler dans nos poches.

Effectivement, à peine commen-
çais-je à fermer les yeux, que je sentis quelque chose sauter sur mon lit.
J'étends machinalement les mains, et
je rencontre d'abord une queue gar-
nie de poil long et doux. Soudain
l'idée de cette chatte, qui ne me sortait pas de l'esprit, me porta à soupçonner que ce pouvait être mon en-
nemie. Je la saisis donc d'abord dou-

ement, et à la lueur d'une lampe de
uit qui brûlait dans le dortoir, je la
econnais, en me félicitant de la tenir
nfin en mon pouvoir, et dans un
oment si favorable.

Je me lève en tapinois, et je vais
ite à cette fenêtre qui donnait sur le
ardin; et sans prendre le tems de
egarder en bas, ni de crier garre
'eau, je la lance avec force, en lui
isant tout bas : « Bon voyage, Mi-
nette ; tu ne me feras plus donner
le fouët ».

Hélas! je ne devinais guères que je
rophétisais mal, et que sa vengeance
erait plus sûre que la mienne. En-
hanté de ma prouesse, je retournai
ie coucher, dans l'intention de dor-
ir paisiblement par-là dessus : mais,
ain espoir! un bruit affreux qui se
t entendre dans le jardin, m'inspira
s plus vives alarmes et le doulou-

reux pressentiment du nouveau malheur qui me menaçait encore.

Il ne tarda pas à s'accomplir. Bientôt après la porte du dortoir s'ouvre,
et je vois entrer avec grand bruit
cinq à six pères avec des bougies allu-
mées et suivis des deux correcteurs
c'est-à-dire, des deux hommes qui
avaient l'honorable emploi de fouetteurs des ecoliers.

Ils commencent une visite exact
dans tous les lits. La plupart de me
camarades qui avaient la conscienc
tranquille, dormaient encore profon
dément. J'aurais bien pu faire sem
blant de dormir aussi, c'était mo
projet, et déjà j'affectais de ronfler,
mais un maudit garçon de chambr
qui couchait dans le dortoir depui
notre escalade du poirier, et qui n
dormait pas, avait vu mon exécutio
sur la chatte; il me vendit, et je ne

pus le démentir, car j'avais encore
ma chemise pleine des poils de la
bête, qui s'était débattue dans mes
bras. Ce fut là ma conviction et mon
arrêt sans appel.

Or voici l'explication du tour que
l'ensorcelée chatte m'avait joué. Pendant que les pensionnaires avaient
soupé au réfectoire, le principal avait
fait servir dans son jardin un repas
bien plus somptueux que le nôtre, et
auquel il avait invité tous les pères
dignitaires du collège. L'abondance
et la délicatesse des mets, et l'excel-
lence de leurs vins les avaient, comme
de raison, retenus à table beaucoup
plus long-tems que nous, et nous aurions déjà dû être tous endormis,
qu'ils n'étaient encore qu'au dessert,
quand je précipitai la chatte du procureur.

Cet animal, par un des guignons

qui m'étaient prédestinés , au lieu
de tomber sur quelques pavés qui
bordaient notre muraille , et de s'y
crever le cœur au ventre , sans rien
dire , avait été lancé si fort par mon
bras qu'animait la colère , qu'il avait
été descendre justement sur la tête du
nouveau supérieur , où il s'était
cramponé , et avec ses griffes avait
sillonné et gravé son vénérable visage , un peu moins cependant qu'il
n'avait déjà fait guillocher mon pauvre postérieur.

Jugez de l'effroi du principal, des
clameurs des pères , et sur-tout de la
colère du procureur , en voyant le
malheur arrivé à sa chatte bien aimée!
Comme j'ai déjà dit que c'était un
songe-creux , qui se piquait de réfléchir sur tout , il réfléchit sur cet
événement. En observant la fenêtre
ouverte de notre dortoir , d'où elle

était tombée, il se douta bientôt que c'était une méchanceté de quelque écolier , et ses soupçons ne tardèrent pas à se fixer sur moi.

Il monta donc aussitôt avec l'escorte que je viens d'annoncer , tandis que les autres pères étuvaient et bassinaient les plaies du défiguré principal , qui ne s'était pas attendu à ce bouquet, pour son dessert.

Quant à moi , commodément posté dans mon lit , pour recevoir une vigoureuse correction , je n'eus plus qu'à me résigner à l'indomptable fatalité de mon destin.

J'eus beau rappeler la promesse qui m'avait été faite, lors de la punition que j'avais subie injustement pour la scène du caveau , et représenter qu'on m'avait assuré qu'elle me serait comptée en déduction de la première que je mériterais.... Ils

5 *

s'obstinèrent à soutenir que ma faute
était trop énorme ; que le père principal était blessé ; que sa personne
était sacrée, et que j'avais commis un
crime de lèse-divinité.

En conséquence de ces argumens
irrétorquables , je fus garrotté sur
mon lit à plat ventre, et les martinets
ne cessèrent de battre la charge et
le pas redoublé sur le tambour que
je leur présentais malgré moi , que
quand les bras qui les agitaient furent
las de les relever.

Après cela , croyez donc à la parole
des moines ! Oh ! j'ai bien juré de ne
plus me fier à aucunes de leurs robes , de telle couleur qu'elles fussent.

CHAPITRE XV.

Les Confitures et le Coquemare.

Des suites de ce dernier assaut, je restai trois ou quatre jours étendu sur mon lit et sans changer de posture, ayant même bien de la peine à soulever ma tête pour avaler un mauvais bouillon que l'on m'apportait à de longs intervalles.

Dans ma fureur je ne méditais pas moins que de mettre le feu au collège, sitôt que je pourrais me relever, pour faire périr tous les pères et tous les chats, au risque d'y être rôti moi-même avec eux.

Mais tout s'appaise peu à peu; la violence du vent se calme, les flots de la mer irritée pendant l'orage s'abais-

sent et s'applanisent , et la colère de
l'homme s'adoucit quand la fermen-
tation de ses esprits est refroidie. Je
l'éprouvai moi-même. La faiblesse
que je ressentis en ressortant de ce
lit de douleur , et les potions rafraî-
chissantes du régime auquel on m'a-
vait assujetti , éteignirent dans mon
cœur, qui n'était pas méchant, toutes
ces pensées de destruction qui l'a-
vaient enflammé , et ne me laissèrent
plus que le désir , bien pardonnable,
de faire au moins encore à ces tyrans
de moines quelques espiégleries bien
conditionnées, bien piquantes ; mais
que je me promettais de conduire
avec tant d'adresse et de prudence ,
que la suite dangereuse n'en pût pas,
comme à mes précédentes entreprises,
retomber sur moi.

Toujours cherchant ainsi l'occasion , mais devenu méfiant comme

un renard déjà pris et échappé d'un piège, j'arrivai sans avoir rien encore tenté, ou du moins exécuté de remarquable, à une époque intéressante dans les collèges, le jour de l'an, et par conséquent le moment des étrennes.

Dans ce tems, il est d'usage que les parens des pensionnaires fassent des cadeaux aux régens et aux différens précepteurs de leurs enfans ; dans ce tems aussi, les maîtres, de leur côté, ont l'adroite politique de ménager un peu plus leurs élèves, pour s'attirer leur bienveillance et pour faire augmenter les présens qu'ils s'attendent à recevoir.

Le répétiteur de notre classe, ou de notre chambrée, car les écoliers renfermés dans un collège sont à-peu-près tenus comme les soldats dans une caserne ; ce répétiteur donc avait recueilli des étrennes abondantes ; et comme les estomacs dévots sont connus pour être amateurs de friandises et de douceurs, on lui avait particulièrement envoyé un assortiment complet de toutes sortes de confitures.

Moi, je les aime beaucoup aussi ; et cette fois, sans envie de faire pièce au révérend , mais seulement pour me faire plaisir, je résolus de m'en approprier quelques pots. Je cherchai donc les moyens de m'introduire dans sa chambre ; et un beau jour que le père principal le retenait dans son cabinet pour l'entretenir sur des affaires majeures qui devaient rendre leur conférence un peu longue, je profitai du moment pour aller crochetter sa serrure.

Introduit dans la chambre, et admirant la belle ordonnance de tous

ces pots rangés en bataille sur plusieurs files et sur toutes les planches
de ses armoires, avec leurs étiquettes,
comme nos troupes de ligne portent
le numéro de leur régiment, je ne
me trouvai plus embarrassé que du
choix des meilleures, et je me décidai
enfin pour la marmelade d'abricots,
à qui j'accordais par goût une prédi-
lection particulière, et parce qu'en
voyant un plus grand nombre de cette
qualité, je pensai qu'il s'appercevrait
moins aisément de la diminution.

J'allais en emporter trois pots,
lorsque je fis une réflexion qui me
parut très-sage alors, et qui cependant fut cause ensuite d'un nouveau
et cruel guignon qui vint augmenter
la liste de tous ceux que je vous ai
déjà racontés.

Je me dis : « Mais, le père a sûre-
» ment compté ses pots, et comme

» il en trouvera trois de moins , il
» criera au voleur ; on me décou-
» vrira et on me fustigera. Il faut
» mieux faire encore ; car ce n'est
» pas le tout que de voler, il faut
» savoir cacher son vol. Prenons
» donc les confitures toutes seules,
» et laissons les pots bien recouverts.
» En les mettant derrière les autres,
» il ne les trouvera que les derniers ;
» alors sa mémoire n'étant plus si
» fraîche , il croira les avoir déjà
» vidés lui-même ».

Ce raisonnement qui me parut pé-
remptoire me décida à laisser les pots,
mais où mettre les confitures , où cacher les contenus de es contenans ?...
le hazard sembla me tirer de peine.
J'apperçus un vieux mauvais coquemard, ou bouillotte abandonnée dans
un coin de la cheminée, et recouverte
de cendres , comme ne servant plus

depuis long-tems, cela me parut faire
mon affaire ; je l'époustai le plus proprement que je pus ; d'ailleurs, un
voleur ou un gourmand, pressé comme
de raison de faire son coup, n'y re-
garde pas de si près ; et j'entassai la
confiture dans ce vase, qui n'avait
pas été fait pour cet usage, mais qui
heureusement pour moi, à ce que je
croyais encore, en put contenir un
pot de plus, et qui, à ma grande satisfaction, recela dans ses flancs favorables la garniture d'un quatrième
pot, et je partis enchanté de ma
friande capture, après avoir refermé
la porte du répétiteur, que, heureusement, il n'avait auparavant fermée
qu'au pène.

CHAPITRE XVI.

Payement des Confitures.

Tout allait le mieux du monde : mon larcin n'avait pas été découvert, et grâce à mes précautions ; je me régalais toutes les nuits du produit de mon propice coquemar , sans avoir éveillé le moindre soupçon , ni excité la moindre plainte. Mais quelle félicité peut être constante en ce bas monde ? quel projet si bien conçu ne peut pas être déjoué au moment où l'on s'y attend le moins , et tourner à la confusion de son auteur ?.... c'est ce qui m'arriva. Téméraires mortels! imprudens que nous sommes ! comme le ciel se rit des vains projets des hommes !....

Ce que j'avais cru un bonheur
pour moi , la grande capacité du coquemar que je m'étais félicité de
voir contenir quatre pots au lieu de
trois , fut justement ce qui me punit.
Ce malheureux coquemard était de
cuivre ; depuis qu'il ne servait plus, le
verd-de-gris s'y était attaché ; s'il n'a-
vait tenu que deux pots, du train dont
j'y allais les confitures, auraient été
avalées et digérées avant d'avoir eu le
tems de s'imprégner du poison... mais
le séjour plus long que la plus grande
quantité lui fit faire dans ce vase mor-
tifère , communiqua à la matière ren-
fermée une qualité destructive, qui,
en punissant le gourmand , le conduisit aux portes du tombeau.

Réduit à un état terrible , je fus
pour la , je ne sais combien de fois,
reporté à l'infirmerie, où je semblais
tre condamné à faire continuelle-

ment la navette , en y retournant de
tous les coins du collége , de la classe,
de la cour , du dortoir , de la chapelle...
et même des promenades du dehors ;
puisqu'il m'arrivait alternativement à
chaque endroit , les événemens les
plus désastreux.

L'infirmier , suivant son habitude,
qui , vis-à-vis de moi avait été déjà
assez justifiée par toutes les occasions
où il m'avait administré ses remèdes,
crut bonnement que j'en avais encore
besoin du même côté , et il se mettait en devoir de visiter mes pays-
bas.... mais on lui dit que je n'avais
rien pris de dangereux du côté de la
poste-face et que tout mon mal venait
de ce qui m'était entré dans le corps
par celui de la préface ; qu'en un mot,
pour être mieux entendu des lecteurs,
j'étais empoisonné. « C'est dommage»,
dit-il encore , car c'était-là son refrein

ordinaire. « Ce jeune homme, une fois le feu des passions amorti , aurait pu devenir un bon sujet , et une excellente acquisition pour notre ordre... au reste , je vais faire tout mon possible pour le sauver , et Dieu sans doute dans sa miséricorde fera le reste, s'il le juge à propos , pour sa plus grande gloire.

Je ne sais si ce fut le talent du révérend qui opéra , ou si le seigneur le permit pour sa gloire ; mais enfin les remèdes agirent efficacement , et je fus désempoisonné ; même en commisération de ce que j'avais souffert et des colliques qui me tourmentèrent encore long-tems après ma guérison , on se contenta , pour punition de ma gourmandise , de me condamner au pain et à l'eau pour un mois. J'en fus donc quitte cette fois pour mes douleurs d'estomac , et le mal ne me descendit

pas plus bas... j'eus pour dédomma-
gement la satisfaction de voir que
notre friand répétiteur y perdait ses
quatre pots , et l'assurance que jamais plus aucune confiture , ne me
ferait du mal , car je jurai encore
bien fermement de n'en jamais goûter,
ni même toucher d'aucune sorte.

Vous voyez , cher lecteur , que j'ai
déjà renoncé à bien des plaisirs ! vous
verrez par la suite que j'ai tenu parole , et vous en feriez autant si vous
aviez reçu les mêmes leçons que moi.

———✳———

CHAPITRE XVII.

La Méprise, ou un Taureau pour une Vache.

J'avais déjà passé ma quatorzième année, et je n'en devais plus rester qu'une dans le collége : insensiblement corrigé par toutes les différentes épreuves dont j'avais toujours été assez mal satisfait, je commençai à faire de plus sérieuses réflexions que jamais. Je considérai qu'outre les punitions continuelles que mes espiégleries m'avaient attirées, j'y avais encore presque toujours couru de gros risques pour ma santé et même pour ma vie.

A voir l'indifférence et la témérité avec lesquelles on expose ses jours

dans maintes et maintes occasions,
non-seulement sans nécessité, sans
utilité quelconque, ni pour la patrie,
ni pour les individus, et sans espoir
de récompense ni de gloire.... mais
même pour la punissable fantaisie de
faire du mal aux autres, en bravant
et le danger et le blâme dont on va se
couvrir, on croirait que l'homme ne
fait point de cas de la vie ; cependant
il y tient beaucoup, et cette vérité
peut se confirmer à la moindre maladie qui menace, soit un esprit fort,
soit un vaillant guerrier qui a affronté
les boulets de canon ; on a beau dire,
on répugne à mourir, et l'on ne de-
mande toujours qu'à pouvoir allon-
ger le bail de son existence.

Moi, du moins, je pensais comme
cela ; et en me rappelant que déjà
plusieurs fois mes étourderies avaient
pensé rompre le fil délicat qui m'atta-

chait à ce monde, où ma jeunesse me
faisait espérer de pouvoir rester encore long-tems, je me promis bien de
ne plus lui donner de si fortes se-
cousses, mais de dévider le plus doucement possible l'écheveau de mes
destinées.

Malheurement il n'était pas tissu
de soie, mais bien d'un gros fil rempli
de nœuds, qui, malgré mes sages résolutions, m'ont serré bien des fois
et imprimé pour long-tems les traces
douloureuses de leurs étreintes.

Nous entrions dans le tems des va-
cances, et mon père, peu satisfait du
compte qu'on lui avait rendu de moi,
n'avait pas voulu que j'allasse les passer chez lui, comme beaucoup de pensionnaires ont l'habitude de le faire
dans leurs familles. Il avait prié le
père principal, en lui payant d'avance

la pension de la dernière année que je devais encore rester au collège, de me faire passer quelques jours à sa campagne, à quelques lieūes de Paris, pour y respirer le bon air, et achever de me remettre des suites de ma dernière maladie (des confitures au verd-de-gris), dont je me ressentais encore.

Le principal m'y fit conduire effectivement le lendemain du jour de la fermeture des classes, et enjoignit à son concierge d'avoir grand soin de moi et de me faire boire du petit-lait qui m'avait été ordonné pour ma poitrine.... J'en bus les deux premiers jours, mais je ne le trouvais pas bon ; au contraire, en me rappelant le plaisir que j'avais eu dans quelques-unes de nos promenades, des jours de congé, à goûter avec du lait pur, tout chaud , tiré des vaches dans des fermes , je résolus de changer mon régime ordonné.

Au lieu de boire le lait coupé qu'on m'apporta le matin du troisième jour , je le jettai dans une fosse d'aisance , et je m'en fus dans la prairie pour guetter les vaches , et les traire afin de boire du lait de la première main.

J'en vis bien quelques-unes qui étaient à paître , mais comme c'était le matin, et qu'elles n'avaient pas encore pris assez de nourriture , leurs pis étaient plats et vides , et ne pouvaient me fournir le régal que je cherchais.

Enfin , j'apperçus un autre de ces animaux d'une encolure fière, s'avançant majestueusement et balançant entre ses cuisses deux pis qui me parurent suffisamment garnis pour me remplir ma tasse de la douce liqueur que je désirais. Je m'approche donc sans méfiance, et quoique fort peu expérimenté dans l'art de traire ou d'extraire....(tous les journalistes n'en diraient pas autant); me rappelant ce que j'avais vu faire à de jeunes paysannes, j'empoigne un des pendans de l'animal, et je le presse dans mes deux mains, après avoir placé mon vase au-dessous.

Voyant que rien ne venait, je veux yeux presser plus fort, mais à l'instant l'animal s'échappe en bondissant, et en me détachant un coup de pied dans l'estomac, qui m'étendit tout de mon long, après m'avoir, par ricochet, cassé deux dents dans la bouche.

Je jettais les hauts cris, et ne pou-

vais me relever, tant de la peur, en
voyant mon sang, que du mal que
je souffrais. Le concierge, qui faisait
sa tournée dans ce moment, m'en-
tendit heureusement et vint à moi ;
me voyant dans cet état, il me demanda ce qui m'était arrivé ; je lui ra-
contai ingénuement que j'avais voulu
traire cette vache, que je lui montrai
à quelque distance où l'animal s'était
arrêté, et qu'il m'avait donné un coup
de pied.

Cet homme, tout en riant de ma
simplicité, me releva, et en me re-
conduisant à la maison, m'apprit
que je m'étais trompé, que j'avais
pris le mâle pour la femelle, et que
j'étais bien heureux d'en être quitte
pour si peu ; car à l'exception de mes
deux dents qui ne me sont jamais
revenues, mon coup de pied dans

l'estomac , n'avait fait que m'effleu-
rer , et bien m'en avait pris d'être
tombé de peur.

Néanmoins , réfléchissant encore
que j'aurais pu être tué par cette nouvelle étourderie, je renonçai, malgré
mon goût pour le lait chaud, à jamais
traire ni vache ni taureau.

CHAPITRE XVIII.

Le Piège.

J'en fus quitte pour garder la chambre un jour, et pour me réduire au petit-lait, puisque j'avais dû renoncer à m'en procurer d'autres ; ce qui me contrariait le plus, c'est que le concierge, instruit déjà de mes fredaines du collège qu'on lui avait rapportées, en prenait occasion pour vouloir me faire des morales que ma vivacité ne me portait pas à écouter, et je lui prouvai bientôt que c'était tems et paroles perdus.

Dès le lendemain, quoique je ne fusse pas encore sans souffrir un peu du coup de pied de la vache masculine que j'avais voulu traire, je sautai à bas de mon lit de très-bonne heure, pour me soustraire aux sermons de mon concierge prédicateur ; car c'était aussi un des membres de l'ordre, à la vérité pas encore élevé à l'éminente dignité de père, mais postulant, et déjà honoré de la qualité respectable de frère ; en conséquence, déjà inspiré par le grand Saint Ignace pour propager sa doctrine et convertir les mondains pécheurs.

Je gagnai un petit parc avoisinant un bois qui entourait une partie de la ferme, et se prolongeait au loin ; je marchais en repassant dans ma mémoire toutes mes aventures précédentes, jusqu'à mon coup de pied reçu la veille; et par cette obstination qu'on a à me jamais vouloir convenir de ses torts, je me persuadais que je devais tout rejeter sur la méchanceté de mon génie persécuteur, mais que j'étais très-innocent de tout.

Hélas ! que de gens devraient se reconnaître à cette naïve peinture que je fais de mes sentimens ! Quel est l'ambitieux qui, ayant échoué dans ses projets, convient jamais qu'il avait pris de fausses mesures ?

Quel est le général d'armée qui, après avoir perdu une bataille, avoue franchement que ses dispositions étaient mauvaises ?

Quel est le plaideur mis hors de cour et condamné aux frais, qui se persuade n'avoir pas un droit légitime ?

Quel est l'amant qui, voyant sa maîtresse lui préférer un rival, ne traite pas sa belle de folle, d'ingratte, de capricieuse, et ne se croit pas assuré de la supériorité de son propre mérite sur celui de l'autre ?...

Mortels présomptueux et trop prévenus en notre faveur, voilà notre

6 *

portrait à tous ! Cependant vous trou-
vez souvent à décompter et à perdre
de vos bonnes opinions de vous-
mêmes, comme cela ne tarda pas à
m'arriver au moment où , d'après
de nouvelles résolutions que je formais inutilement chaque jour, je me
croyais bien à l'abri de m'exposer à
d'autres disgraces.

En me promenant dans le parc,
toujours rêvant et m'occupant de
projets qui me paraissaient très-rai-
sonnables et avantageux pour mon
avenir, je heurtai avec le pied un us-
tensile de fer dont je ne connaissais
pas l'usage.

Il avait un manche ou une queue
qui était retenue, à quelque distance,
à une grosse racine d'arbre , par une
chaîne de fer assez forte ; l'autre côté
opposé montrait une ouverture dont
tout le tour était garni de dents ou

de pointes de fer aussi ; et le tout,
presque rouillé, traînait à terre.

Croyant que cet instrument, dont
je n'avais jamais vu le pareil, avait
été oublié là, parce que je ne voyais
pas encore qu'il était attaché après la
racine, je le relève et le retourne dans
mes mains, fort en peine d'en pon-
voir deviner l'utilité. (L'ignorance
est bien dangereuse !)

Le sentant retenu, je m'arrêtai et
m'assis au pied de l'arbre ; je l'avais
passé autour d'un de mes bras et le
maniais en tous sens, n'ayant aucune
méfiance de cette perfide mécanique,
lorsqu'un mouvement involontaire,
une pression de mes doigts, fit dé-
tendre un ressort qui tenait la machine ouverte ; elle se referma vivement et me prit le bras avec tant de
force, que, malgré la manche de ma
veste et celle de ma chemise qui amor-

tirent beaucoup l'effet de la détente,
les dents de l'instrument m'entrèrent
encore assez avant dans le bras, et
me retinrent, malgré tous mes efforts,
sans pouvoir m'éloigner de l'arbre
auquel était attachée la chaîne de fer.

Je n'avais pas soupçonné le ressort
étant ouvert, j'y connaissais encore
moins quand il fût fermé, et il me fut
impossible de m'en débarrasser. . . .

Aussi douloureusement emprisonné
au pied de cet arbre, je fis retentir le
parc de mes cris; mais trop éloigné
de la ferme, je ne fus pas entendu. Je
restai donc là aux arrêts tout le jour,
en souffrant et en enrageant, sans
presque espérer d'en sortir, et je ne
dus ma délivrance qu'à l'habitude
que le concierge avait de faire tous
les soirs le tour du parc. Il m'expliqua
encore ce que je regardais comme un
tour de sorcellerie. C'était un piége

tendu pour les renards, où je m'étais
pris.

Je m'en retournai avec lui, aussi
pénaud qu'aurait pu l'être le renard
qui s'y serait laissé attraper ; et en
convenant qu'on apprenait tous les
jours bien des choses , je jurai de ne
jamais plus toucher à ce que je ne
connaîtrais pas ; mais , hélas ! vain
serment ! je ne pus jamais me garan-
tir de bien d'autres pièges de différentes espèces . . . .

CHAPITRE XIX.

Le Nid de Pie.

LE concierge voyant confirmer par toutes mes inconséquences multipliées l'idée que lui avaient douné d'avance, à mon sujet, les récits qu'on lui avait déjà faits de mes différentes folies , commença à me regarder comme nn personnage dont la surveillance lui serait fatigante et même dangereuse ; il avait déjà même fait avertir en sous main le père principal, des frasques dont il avait été témoin depuis mon arrivée à la ferme ; et ayant beaucoup retranché de l'amitié qu'il m'avait témoignée d'abord, il attendait des ordres pour se débar-

rasser de moi, en me faisant reconduire au collège.

Pour moi, croyant toujours que ce
qui m'arrivait n'était que des effets
d'un hasard malheureux, mais qu'il
n'y avait aucunement de ma faute,
j'allais mon train, en me recomman-
dant tous les matins à mon patron
Saint Guignolet, qui, comme on l'a
vu et comme on le verra de plus en
plus, ne faisait nul cas de mes prières,
ou qui n'avait apparemment pas le
pouvoir de les exaucer.....

Hélas! si j'avais eu un Saint Napo-
léon pour protecteur, qu'auraient pu
contre moi tous les diables de l'en-
fer?... Mais, destiné à veiller sur le
sort du Héros qui devait bientôt ré-
gler celui de toute l'Europe, ce Saint-
là ne devait pas être chargé du mince
emploi de diriger d'inutiles individus....et le simple et nul Saint Gui-

gnolet était toute ma ressource contre
les nuisibles entreprises de mon mauvais génie, ou, pour mieux dire, ne
m'en fournissait aucune. En voici encore une preuve.

Deux jours après avoir été pris au
piège, je me promenais encore dans
le parc ; et bien décidé depuis mon
dernier serment à ne rien ramasser
par terre, je levais mes yeux en l'air
et ne fixais que la cime des arbres ;
voilà que j'apperçois au haut d'un des
plus élevés, un nid de pie.

Soudain le lutin, mon ennemi, me
souffle bien fort à l'oreille, qu'il faut
grimper au haut de ce pin et dénicher l'oiseau ; et Saint Guignolet, qui
ne pensait pas plus à moi que si je
n'avais pas existé, n'a garde de m'a-
vertir de n'en rien faire.

Mon étourderie naturelle me
pousse; la difficulté de l'escalade ai-

guillonne mon amour-propre, et je
grimpe après l'arbre en oubliant ce
que j'avais promis au bas du poirier
de mon collège.

Toujours leste et adroit, j'avance
de branche en branche, et j'atteins le
sommet. Déjà je me suis emparé du
nid, je l'ai mis dans ma chemise, et
triomphant de ce bel exploit, je
ne pense plus qu'à descendre, pour
aller m'en vanter auprès des jeunes
gens du village, qui avaient depuis
long-tems convoité ce nid, sans avoir
osé se risquer à l'aller prendre ; mais
mon enragé diablotin s'était bien ar-
rangé pour que je n'en redescendisse
pas.

La crainte que j'avais d'écraser les
jeunes oiseaux, en les serrant trop
contre le corps de l'arbre, me fit imaginer de me suspendre après les plus
fortes branches, et d'essayer à parve-

nir ainsi jusqu'au milieu du tronc; pour delà ensuite me la·sser tomber doucement à terre ; mais malheureusement j'empoignai, par distraction, une branche, grosse, à la vérité, mais qui était sèche, et qui, ne pouvant supporter le poids de mon corps, cassa dans mes mains. Je tombai et restai accroché par mon habit à une autre branche pointue, la tête en bas et à quinze ou vingt pieds de terre, sans pouvoir ni me redresser, ni me décrocher, ni risquer le saut, même au hasard de me disloquer les membres.

Je restai très-long-tems dans cette position cruelle, sans que mes cris amenassent personne pour me délivrer, lorsqu'enfin la petite fille d'une ferme, qui gardait des vaches aux environs, accourut ; et m'ayant vu ainsi pendu, alla avertir le concierge.

Il vint avec une longue échelle, m'aida à descendre, et me fit grace, pour cette fois, de la dure mercuriale que je m'attendais à recevoir, et que j'avais bien méritée ! Mais son parti était pris sur mon compte ; et, dès le soir même, il écrivit au père supérieur, qu'il ne voulait plus me garder.... tandis que moi, j'écrivais de mon côté sur mes tablettes la promesse de respecter les pies, et de ne jamais chercher à dénicher même un simple moineau.

CHAPITRE XX.

La Berline et le Fusil.

———

LE père supérieur avait justement fait une partie pour venir le lendemain à sa campagne, avec quelques-uns de ses amis, et se donner le divertissement de la chasse, et il arriva le soir, dans une berline, avec le père procureur et deux autres.

Sitôt que la révérendissime compagnie fut installée dans la maison, le premier soin du concierge fut de s'étendre amplement sur le récit de toutes mes sottises, et de les peindre des couleurs les plus fortes; enfin de déclarer absolument qu'il lui était impossible d'être responsable de moi, et qu'assurément j'avais quelque diable dans le corps qui me poussait continuellement au mal.

Avec les bonnes dispositions où les saints pères étaient déjà pour moi, cette nouvelle apologie de ma conduite acheva de les exaspérer tout-à-fait ; et la bénigne assemblée décida tout d'une voix qu'il fallait me renvoyer au collége dès le lendemain matin , parce qu'alors il était trop tard; que l'on m'y garderai encore quinze jours, bien renfermé , au pain et à l'eau pour toute nourriture (punition qu'ils employaient avec plaisir à chaque occasion , parce que , en la multipliant souvent , cela leur faisait une épargne de vivres assez considérable) ; et, par supplément, on opina encore que pendant ces quinze jours de ma pénitence , on m'ajouterait à chacun de mes repas une bonne flagellation pour dessert ; que même,

pour commencer, dès cet instant on
allait faire venir le jardinier, et célé-
brer leur bien-venue dans la maison,
en faisant exécuter une bruyante fanfare sur mon pauvre derrière.

Comme je me méfiais du concierge,
j'avais eu la malice, ou, pour mieux
dire, la prudence de me glisser dans
l'obscurité, auprès de la porte de la
chambre où se tramait contre moi
ce funeste complot, et je ne perdis
pas un mot de la conversation. En
entendant ce dernier arrêt , je trem-
blai de tout mon corps, et à le seule
idée de cette maudite fanfare, je sentis que ma culotte dansait déjà.

Je résolus bien de ne pas attendre
le jardinier , mais de sortir tout de
suite de cette fatale maison, et de
m'enfuir sans savoir où, mais bien
loin du collége, pour n'y jamais rentrer.

Cependant je réfléchis avec douleur
que la sortie ne m'était pas possible
alors, parce que la porte avait été
fermée sitôt après l'arrivée des révérends. Je n'avais donc d'autre parti à
prendre que celui de me cacher si
bien pour la nuit, qu'on ne put me
trouver, et de m'esquiver du grand
matin, dès que la petite porte du jardin serait ouverte.

L'embarras était de savoir où trouver une retraite sûre pour me soustraire aux recherches. J'avais vu re-
miser la berline du principal dans un
grand angar, au - dessous d'une
grange ou d'un grenier à foin. Je
m'avisai d'aller me fourer dans cette
voiture, croyant bien qn'on ne vien-
drait pas m'y trouver.

J'y restai quelque tems bien renfermé, blotti dessous une des ban-

quettes, et recouvert par les tapis des
coussins, mais dans une appréhension mortelle. Je m'entendais appeler ;
le bruit des pas de ceux qui me cher-
chaient retentissait de tous côtés,
et me faisait frémir ; je croyais voir
des cordes prêtes pour m'attacher, et
le barbare jardinier, le bras armé d'un
énorme martinet, s'apprêter à mettre
mes pauvres fesses en marmelade ; je
n'osais ni remuer, ni à peine respirer,
de crainte de me faire découvrir ;
mais intérieurement je me recom-
mandais avec toute la ferveur possible à mon Saint Guignolet, ou, à son
défaut, à tous les saints du paradis.

Enfin, après bien de vives allar-
mes, le bruit cessa : je n'entendis
plus rien ; je ne vis plus aucune lu-
mière, tout devint calme, et je jugeai
que tout le monde était endormi ;

cela me tranquilisa un peu, et je commençai à respirer plus à mon aise et à
m'étendre, car la posture contrainte
où je m'étais tenu long-tems, m'avait
donné la crampe dans tous les membres.

En allongeant les bras, je sentis en
travers du haut de la voiture quelque chose qui remuait et cédait au
mouvement de mes mains. Curieux
de savoir ce que c'était, je vins à
bout de détacher cette machine, qui
était longue, mince et ronde par un
bout, et beaucoup plus large et ap-
platie par le bas (c'était un fusil,
mais je n'en avais pas encore vu). Je
la retournais dans mes mains, je la
touchais de tous les côtés, ne pouvant
pas en deviner l'usage... lorsque tout-
à-coup, ayant pressé une petite mani-
velle qui était en bas du plus gros

bout, un bruit terrible se fit entendre,
et je tombai de peur dans le fond de
la berline.

Je ne pus savoir ce qui se passa
alors, car j'avais perdu connaissance ;
mais je peux vous dire ce que l'on
ne tarda pas à m'apprendre depuis ,
en me donnant un bon *memento*
pour m'en souvenir.

A l'explosion de ce fusil , qui était
chargé et dont , sans le savoir, j'avais
tiré la gachette , tout le monde fût
sur pied dans la maison ; on courrut
de tous côtés, craignant que des voleurs ne fussent entrés , ou peut-être
des braconniers, dans le parc; et l'on
se rassemblait en armes pour y aller
faire la visite des portes et des grilles.

On vint même à la berline pour
y prendre ce diabolique fusil que
j'avais tiré. Mais jugez de l'étrange

spectacle qui frappa les regards. Une
fumée affreuse sortait par les por-
tières ; la glace de devant était bri-
sée ; la bourre avait mis le feu à des
bottes de paille qui étaient entassées
dans le fond de la remise ; les coussins de la voiture brûlaient, et moi
j'étais évanoui sur la caisse du fond
et suffoqué par la fumée.

On me retira bien vîte pour me
donner des secours. On s'occupa à
éteindre le feu, et l'on conclud ,
comme l'avait déjà dit le concierge,
que j'étais possédé de l'esprit malin.
Cela détermina le principal à ne pas
vouloir me garder une minute de plus
dans son collége, et à me renvoyer
de suite à mon père.

En conséquence , après m'avoir
laissé parser le restant de la nuit pour
me rétablir, le père principal char-

gea le jardinier de me reconduire à
la maison paternelle ; car le conciergè
s'était bien défendu d'accepter cette
commission.

Au préalable, on évalua le dommage que j'avais causé, tant pour la
paille brulée que pour la glace bri-
sée et le dégat de la voiture ; et,
après avoir retenu le montant de la
somme sur l'argent que mon père
avait payé d'avance pour ma dernière année , on remit le reste au jardinier pour le lui rendre avec monsieur son fils , qu'on lui renvoyait à
la garde de Dieu:

Nous partîmes donc ensemble; le
jardinier fort aise d'avoir cette occasion de faire une longue promenade,
et moi enchanté d'avoir esquivé, par
ce moyen, la rude fessée que j'avais
dû recevoir la veille, et encore les

quinze mortels jours de flagellation
qu'on m'avait promis au collége.....;
mais jurant bien que je ne *touche-*
rais jamais de fusil.

CHAPITRE XXI.

Voyage avec le Jardinier.

Sɪᴛôᴛ que nous fûmes en route, je ne m'occupai que du projet de me soustraire à la surveillance de mon jardinier, ne me souciant pas d'être remis par lui entre les mains de mon père, de la part de qui le rapport avantageux qu'il était chargé de lui faire à mon sujet, ne m'aurait pas valu une flatteuse réception.

J'essayai vingt moyens de m'évader, mais il ne me perdait pas de vue ; même pendant tout le commencement du voyage, il me tint sous le bras, ou par les mains ; je lui contais des histoires pour l'endormir ; à chaque instant, je feignais des colliques et des besoins pour m'arrêter, mais il ne s'éloignait pas de moi. Enfin, ayant déjà beaucoup marché, et nous trouvant à l'entrée d'un village devant un mauvais cabaret, je dis que j'avais faim et soif; je le pressais pour y aller prendre du repos.

A la vivacité avec laquelle il accepta mon invitation, je jugeai que j'avais touché la bonne corde, et que mon gardien était porté sur sa bouche, et je me promis de faire mon profit de cette découverte. Je lui dis que puisqu'il avait de l'argent à moi, ou à mon père, ce qui était la même chose, je voulais le bien régaler. Il sourit de nouveau à ma proposition, en me disant, pour déguiser sa gourmandise, qu'il pensait qu'effectivement un bon diner me ferait du bien après la mauvaise nuit que je venais de passer.

Je fis donc servir tout ce qu'il y avait de mieux dans cette mesquine auberge, et le meilleur vin qu'on pût nous donner. Mon gaillard officia très - bien de la mâchoire, et j'eus grand soin de lui verser force rasades, qu'il sablait avec une complaisance et une promptitude qui ne tardèrent pas à lui en faire monter les fumées au cerveau.

Voyant qu'il commençait à s'assoupir, j'allais profiter du moment favorable pour lui fausser compagnie, et m'en aller sous ma seule responsabilité. J'avais déjà ouvert la porte de notre chambre et franchi l'escalier, lorsqu'une réflexion m'arrêta.

Je pensai que je n'avais pas le sou, et que, sans argent, on ne peut pas cheminer ; que le jardinier avait la bourse, qui contenait le restant de mon année de pension, que je me

croyais bien le maître de pouvoir
m'approprier, puisque mon père l'a-
vait donné pour moi. D'après cela, je
trouvai très-à-propos et très-juste de
remonter, et à la faveur du sommeil
de mon guichetier, lui retirer cette
bourse, dont il n'était que le déposi-
taire, et dont je me supposais le très-
légitime propriétaire.

Je rentrai dans la chambre et m'ap-
prochai de lui à pas de loup....
Déjà, d'une main, j'avais entr'ouvert
la poche de sa veste, où je lui avais
vu serrer cette bourse que je convoi-
tais, et je glissais mon autre main
pour la saisir, lorsque la servante ou-
vrit la porte et entra avec un bruit
qui réveilla mon homme.

Elle m'avait vu passer dans l'escalier, et supposant que nous avions
besoin de quelque chose, elle venait
pour demander nos ordres. Pour moi,

7 *

presque pris en flagrant délit, retirant
subtilement mes mains de la poche
du dormeur, je fis semblant de le remuer pour achever de l'éveiller. Il
ne se douta de rien, et pour payer la
dépense, tira cette même bourse que
j'avais été si près de faire sortir de sa
poche pour entrer dans la mienne,
et resserra ensuite des louis, que je
ne vis qu'avec un nouveau crève-
cœur disparaître encore à mes regards. Nous sortîmes de l'auberge et
nous continuâmes notre route, mon
conducteur bien disposé par le bon
restaurant qu'il venait de prendre, et
moi bien désolé d'avoir manqué une
si belle occasion d'avoir ma liberté.

CHAPITRE XXII.

J'échappe à mon Conducteur.

ACCABLÉ de ce nouveau chagrin,
je persistais toujours dans le dessein
de me soustraire au jardinier, quand
même je ne pourrais pas lui rattraper les louis que je regardais si bien
comme à moi. Je ne pus y réussir
pendant le reste du chemin ; mais je
m'étais bien promis qu'une fois arrivé
à Paris, vu le peu de connaissance
que mon homme avait de cette grande
ville où il devait chercher mon père,
j'aurais beau jeu pour l'égarer, et retrouver un autre moment propice
pour m'emparer du petit trésor qu'il
me gardait malgré moi;

Le hasard sembla me favoriser dès
notre entrée dans un des faubourgs ;
c'était celui de Saint-Antoine. Il y a
dans ce quartier beaucoup de jardins,
par conséquent de jardiniers, et celui
qui me surveillait fut acosté, quand
nous descendîmes la grande rue, par
un ancien camarade avec qui il avait
travaillé jadis chez le seigneur de son
pays. Il fut question de renouveler
connaissance.

Moi qui cherchais à tirer parti de
tout, je proposai aussi-tôt d'entrer
dans un beau café que uous apper-
çûmes tout près, et de bien régaler
le pays de mon brave jardinier ; car
je n'épargnais pas les politesses et les
complimens pour l'amadouer de mon
mieux.

Nous entrons donc et nous nous
attablons. Les prunes et les pêches à

l'eau - de - vie nous sont servies en abondance. Nos deux pays, tout en racontant leurs diverses aventures depuis leur séparation, prenaient goût de plus en plus aux fruits confits et aux excellentes liqueurs que je faisais apporter coup sur coup. Mon jardinier, flatté de la manière dont je traitais son ami, et pour exciter encore plus ma générosité, car il n'aurait osé de lui-même faire une si grosse dépense, quoique sous mon nom, crut alors faire un coup de politique en me remettant cette chère bourse que je désirais tant, et me disant : « Tenez, mon bon petit monsieur, allez payer au comptoir, et demandez ce que vous voudrez ; mais, ménagez ; l'argent ne vient pas aussi vîte comme il s'en va. »

Je fus au comble de mes vœux en

me voyant possesseur de cette bourse
qui renfermait pour moi tout l'or du
Pérou. Je volai au comptoir, j'ordon-
nai bien vîte une autre topette de liqueur, que j'envoyai à mes causeurs
buveurs, et je tirai un louis, sur lequel je dis de se payer de la dépense,
et resserrai, sans compter, ce que l'on
me rendit.

Un jeune homme assez bien cou-
vert, qui était seul à une table du côté
de la porte, et qui ne m'avait pas
perdu de vue depuis mon entrée dans
le café, avait bien observé aussi que
ma bourse renfermait quelques louis;
se doutant presque de la position où
j'étais, en me voyant observer la porte
d'un œil, et de l'autre l'attitude de
mes deux compagnons, car il y a dans
Paris, à ce que j'ai encore mieux appris depuis, des gens qui devinent

tout, il me fit un geste expressif d'appel, se leva, et partit en laissant la
porte entr'ouverte. Cette occasion mit
fin à mon incertitude. Je sortis aussitôt après lui, tandis que mes deux
jardiniers, avalant un verre de liqueur et se récriant sur sa bonté, ne
s'appercevaient pas de mon évasion.

Je trouvai le jeune homme qui
m'attendait en dehors. Il me parla
avec amitié, m'offrit ses services, et
me demanda à quoi il pouvait m'être
utile. Touché de sa bonne volonté,
je n'hésitai pas à lui déclarer la situation où je me trouvais ; l'appréhension que j'avais de mon père, et mon
embarras de savoir où me retirer dans
ce premier moment.

Aussi-tôt, avec les plus vives dé-
monstrations de tendresse, il me pro-
posa de me conduire à l'instant chez

madame sa mère, respectable personne qui me retirerait pour cette
nuit, jusqu'à ce que l'on eut avisé le
le lendemain à ce qu'il y aurait de
mieux à faire pour mon service. In-
nocent que j'étais! je donnai dans cet
autre piège, bien plus dangereux que
ceux qui sont tendus pour les loups
ou pour les renards, et je suivis ce
scélérat dans l'embuscade infernale,
préparée d'avance pour tous les im-
béciles qui ont la sottise de s'y laisser
conduire.

J'arrivai donc dans une maison
assez proprement tenue; j'y vis une
dame d'assez bonne mine, qui me
reçut très-poliment. On me servit
un fort bon souper, où même on
me fit boire beaucoup plus que je
ne voulais, et l'on me conduisit après
dans une chambre où un excellent

lit m'attendait. Je me déshahillai , et
je m'endormis après qu'on m'eût sou-
haité une bonne nuit que je ne devais
pas avoir.

———✳——

CHAPITRE XXIII.

Une nuit à la Morgue.

Sans doute j'étais tombé dans un de ces repaires du crime, si dangereux pour la jeunesse ; sans doute on avait mêlé dans mon vin des drogues assoupissantes, car sitôt que je fus plongé dans un sommeil léthargique, les hôtes de cette infâme maison me transportèrent tout nud en chemise, et me déposèrent au coin d'une rue fort éloignée de leur caverne criminelle, ayant eu grand soin de garder chez eux toute ma dépouille et ma fatale bourse, première cause de mon désastre.

Le guet qui vint à passer, voyant un cadavre ainsi dépouillé, me crut assassiné; et sans plus ample examen, comme je ne donnais aucun signe de vie, et que la plupart de ces surveillans au repos public, étaient eux-mêmes, quant à la raison, dans un état presque approchant du mien, ce qui leur parut le plus simple à faire, fut de me transporter à la Morgue.

J'y fus donc renfermé dans le petit caveau où l'on expose les cadavres trouvés à l'abandon, pour procurer pendant quelques jours aux parens ou amis des défunts, les moyens de les reconnaître et de les faire ensevelir.

Cependant mon jardinier m'ayant vu disparaître subitement, était sorti du café avec son camarade, pour courir après moi. Ne m'ayant pu rejoindre nulle part, il avait pris le parti d'aller chez mon père, accompagné de son Pays, pour lui servir de témoin dans sa déposition.

Mon père alarmé, mit aussitôt tous
ses domestiques en l'air pour aller à
ma recherche , et fit même prévenir
la police , qui d'après mon signalement bien donné, mit aussi des mou-
chards à mes trousses. La nuit se passa
en perquisitions inutiles, puisque pendant qu'on me cherchait vivant dans
toutes les maisons de la ville, je jouais
le rôle d'un mort, dans un caveau
qui ne recelait que des défunts.

Le lendemain, dès la pointe du
jour, un des domestiques les plus af-
fidés de notre famille, qui avait rodé
toute la nuit sans prendre aucun repos, et qui continuait ses courses,
vint par hasard à passer devant le lugubre bâtiment où je gissais encore
sans connaissance sur le pavé d'un enclos de six pieds en carré, à côté d'un
autre défunt plus véritablement mort
que moi. Je ne sais quoi le poussa à

s'en approcher. Il me reconnut dis-
tinctement à travers le grillage de
mon tombeau anticipé, car mes traits
ne pouvaient pas être défigurés ,
puisque je n'avais rien souffert d'extraordinaire.

Ce brave serviteur au désespoir,
me croyant bien mort, court vîte porter cette triste nouvelle à mon père ;
mais comme sa maison était dans un
autre quartier fort éloigné, avant qu'il
pût être de retour, un homme d'un
certain âge, fort inquiet de son fils
qui avait disparu de chez lui depuis
quelques jours, et qui n'avait peut-
être pas été plus sage que moi ; cet
homme, dis-je, s'étant approché du
guichet, crut reconnaître en moi ce
fils qu'il cherchait. Le hasard apparemment nous avait donné la même
figure, où la douleur troublait la vue
de ce père affligé. Quoiqu'il en fût,

bien persuadé que j'étais son fils , il me réclama , et je lui fus livré après qu'il eut signé l'acte de la remise qu'on lui faisait de ma personne.

Enveloppé dans un drap , je fus déposé dans un fiacre pour être transporté à la maison de ce pauvre brave homme qui se trompait si fort à mon égard. En passant devant sa paroisse, il avertit des prêtres pour venir faire mon convoi , et du même tems , ordonna au fossoyeur d'apporter une bierre.

CHAPITRE XIXV.

Je ne me laisse pas mettre dans la bierre , mais je ne me trouve guère mieux logé.

———

Déjà les prêtres étaient arrivés chez mon prétendu père, et commençaient à entonner leurs chants funèbres et les prières pour le repos de mon ame; déjà le fossoyeur allait me coudre dans le drap qui devait me servir de dernière chemise, et me clouer ensuite dans ma dernière enveloppe de sapin, lorsque soit le bruit de la triste psalmodie des prêtres, soit que la dose de la boisson somnifère qu'on m'avait fait prendre, eut épuisé toute sa vertu, je me réveillai dans les mains de mon emballeur.....

Effrayé par la vue de toutes ces
figures sinistres qui m'environnaient,
et par le chant lugubre qui me frap-
pait les oreilles, croyant être agité par
un rêve douloureux, je saute brus-
quement à bas de la table sur laquelle
on m'avait étendu; et passant au travers de tous les assistans stupéfaits que
la peur fait tomber à l'entour de moi,
je gagne la porte et me sauve en courant, sans que personne pensât, ou
même fût en état de m'arrêter, et sans
savoir moi-même ce que je faisais.

La confusion, l'épouvante étaient
extrêmes dans la maison : les prêtres
prétendaient que j'étais mort en état
de péché, et que c'était le diable qui
venait de m'emporter; et ils s'en re-
tournèrent à l'église avec la croix,
l'eau bénite et les cierges, disant qu'un
réprouvé n'avait pas besoin de prières,
mais que mon soi - disant père n'en

payerait pas moins les frais du convoi
qui avait été preparé par ses ordres....
même qu'il lui serait infligé une rude
pénitence pour punition d'avoir élevé
un fils qui avait fait une si mauvaise
fin et occasionné un si coupable scandale.

Jusqu'au fossoyeur qui ne voulut pas remporter sa bierre, disant
qu'ayant été destinée pour enfermer
le corps d'un damné, elle ne pouvait
servir à mettre le corps d'un bon Chrétien à qui elle serait capable de porter
malheur, et prétendit de même que
monsieur mon père la lui payerait
cher ; mais le pauvre homme, qui était
tombé rudement sur un des coins de
la table, s'était blessé à la tête, et
restait évanoui sur le parquet de sa
chambre.

Pour moi, dans le délire où j'étais,
je courais les rues sans réflexion, sans

intention que celle indéfinie de me sauver d'un danger que je croyais me menacer.... Absolument nud comme j'étais, et l'air égaré, j'eus bientôt fait assembler et courir après moi la foule qu'un pareil spectacle devait naturellement surprendre. Les polissons, les enfans me poursuivaient en criant ; les chiens aboyaient après moi, et tout le quartier était dans une rumeur effrayante qui ajoutait encore à mon étourdissement.

Enfin courant toujours, j'enfile une allée qui se trouve ouverte sur mon passage, et je grimpe jusqu'au haut de l'escalier. La troupe qui me suit y arrive et re?erme sur moi la porte de l'allée : quelques uns y restent en sentinelles pour empêcher ma sortie, pendant que d'autres vont chercher la garde pour venir me prendre.

Parvenu tout au haut de la maison,

j'entre dans une chambre, où épuisé
par la fatigue d'une course précipitée
et par le trouble de mon esprit, je me
jette sur un lit qui faisait face à la
porte. Une bonne vieille femme, alar-
mée de mon étrange apparition, a
pourtant la présence d'esprit de m'enfermer dans cette chambre, dont elle
se sauve en faisant retentir l'escalier
qu'elle dégringole, des cris de: au voleur ! à la garde ! au secours ! et tous
les voisins des autres étages en font
autant par leurs fenêtres.

La garde arrivait justement alors,
elle entre dans la maison, monte avec
la vieille femme, me saisit sur son lit
et m'enmène en prison sans que je
puisse rien articuler pour ma justifi-
cation, car je n'étais encore en état de
me rendre compte de rien à moi-
même, et je n'ai pu savoir ce qui m'arriva depuis mon malheureux souper

avec le traître jeune homme qui m'a-
vait fait quitter le jardinier, que par
les récits qu'on en a faits depuis à mon
véritable père.

La garde même trouva tant d'in-
cohérence et d'invraisemblance dans
mes discours, que d'après l'état de
nudité où j'étais, et la résistance que
je voulais mettre à me laisser mener
en prison, on me jugea fou, et l'on
me garotta dans mon cachot. On peut
penser que voilà encore une nuit qui
sera pire pour moi que celle de la
Morgue, car là je ne sentais rien étant
privé de mes facultés, et ici j'en ai
retrouvé assez pour souffrir d'autant
plus, que j'ignore encore le motif de
mes souffrances.

CHAPITRE XXV.

Celui qui m'avait cru son fils, re-
trouve son véritable Enfant.
Mon Père va me chercher à la
Morgue.

———

PENDANT qu'on m'emmenait en
prison ; pendant que mon père supposé, évanoui dans sa chambre par la
peur que je lui avais faite, y languis-
sait sans secours, car les domestiques
aussi effrayés que lui s'étaient sauvés
sans avoir eu le tems de connaître l'é-
tat de détresse où il se trouvait, son
véritable fils, qui par un concours de
circonstances extraordinaires était ab-
sent de sa maison depuis plusieurs
jours, y revint au moment même

où moi , que son père avait pris
pour lui , je m'en sauvais précipitam-
ment.

Ce jeune homme , presqu'aussi
étourdi que moi..... car la jeunesse a
des momens dangereux à passer, avait
fait quelques frasques qui l'avaient
éloigné de la maison paternelle; mais
enfin il avait reconnu son erreur, et
il revenait repentant..... C'est bien de
quoi mériter le pardon d'un bon père,
et il comptait sur le sien.....

Mais quelle fut sa surprise en entrant? point de domestiques pour l'annoncer ; un morne silence règne par-
tout : il ne voit personne, il avance
avec inquiétude, pénètre jusqu'à la
chambre de son père , et le trouve
privé de connaissance, étendu sur le
plancher; il s'empresse de lui donner
des secours. Ce bon vieillard revient
à lui , ouvre les yeux, l'envisage, et

retombe une seconde fois dans un
évanouissement plus fort.. ..

Le fils, désespéré de le voir en cet
état, continue et redouble ses tendres
soins ; il rassemble les domestiques ,
et avec leur aide il parvient enfin à
rendre le sentiment à son père.

Mais quelle extraordinaire situation s'en suivit pour tous les deux !
Le père, qui naturellement, vu notre
excessive ressemblance , le prenait
pour moi qu'il avait retiré de la Morgue , remporté chez lui mort , dont
il avait commandé le convoi, qu'on
avait à ses yeux presque mis dans la
bierre , et qui , à ce que disaient les
prêtres, avait été enlevé par le diable ,
se représentait vivant , le serrait dans
ses bras, et le rappelait lui-même à
la vie !.....

Le vieillard ne put jamais se persuader qu'il voyait un nouveau per-

sonnage ; et pénétré de l'idée que son
fils et moi nous étions le même, il lui
fit de tendres mais vifs reproches auxquels l'autre ne pouvait rien conce-
voir ; il lui parlait de la Morgue d'où il
l'avait tiré nud, lui demandait d'où il
venait, pourquoi il s'était sauvé de
chez lui dans un état si scandaleux,
comment il avait retrouvé des vêtemens..... et enfin, si c'était un repentir sincère qui le ramenait.

Le jeune homme, confondu des
questions et des discours de son père,
auxquels il ne comprenait rien non
plus, croyait de son côté qu'il était
très-malade, que son esprit battait la
campagne, et en total, était bien éloigné de pouvoir soupçonner le sujet
de ce quiproquo. Il donna des ordres
aux domestiques pour faire venir des
médecins pour soigner et médica-
menter son père, tandis que celui-ci

enjoignait à tous ses gens de bien sur-
veiller son fils et de ne plus le laisser
sortir. Mon père véritable à moi, pendant ce tems, d'après le rapport de
son fidèle serviteur, s'était rendu à la
Morgue pour me réclamer ; on lui dit
qu'un autre père était déjà venu et
m'avait emmené : on lui montra même
l'écrit qu'il avait signé. Il crut d'abord
que son domestique s'était trompé ;
mais celui-ci lui assura si affirmative-
ment que c'était bien moi-même qu'il
avait vu et reconnu, à ne pouvoir s'y
méprendre, que mon père, trouvant
quelque chose d'étrange dans cette
avanture, se décida à aller voir ce
Monsieur, qui enlevait les enfans
morts des autres.

Il prit donc son adresse qui était
indiquée sur le billet qu'il avait laissé;
et pour éviter toute difficulté de sa

8 *

part, il alla requérir un commissaire de l'accompagner.

Arrivés à sa maison, ils trouvèrent ensemble ce brave homme et son fils. Mon père, trompé de même par la parfaite ressemblance du jeune homme avec moi, fut encore plus surpris de retrouver vivant un fils qu'on lui avait assuré être mort, et de le voir carressant un autre père, sans paraître faire la moindre attention à lui.

Il s'adressa d'abord au vieillard, et lui demanda assez durement de quel droit il retenait chez lui l'enfant d'un autre : puis prenant le jeune homme par la main, il lui ordonna de le suivre. Le père et le fils, également étonnés et de la question faite à l'un, et de l'ordre donné à l'autre, demandèrent à leur tour l'explication d'un procédé qui devait effectivement leur

paraître très-extraordinaire. Le fils,
sur-tout, lui déclara très-fermement
qu'il trouvait plus que singulier qu'un
homme qu'il ne connaissait pas et qu'il
n'avait jamais vu, voulût s'arroger
une autorité sur lui, et prétendît l'enlever à son père.

On juge de l'effet que ce discours
dût faire sur l'esprit du mien. Il crut
que ce jeune homme, par suite du fâ-
cheux accident qui l'avait fait regarder comme mort, avait encore la raison égarée, ou que la crainte de ses
reproches et d'une juste punition le
portait à feindre de ne pas le reconnaître; car il ne pouvait pas se dé-
persuader que ce n'était pas moi qu'il
voyait, tant la ressemblance de la
figure et le son même de la voix l'en-
tretenaient dans cette erreur. Il somma
le commissaire d'interposer son autorité. Les deux autres le prièrent de

même d'empêcher une injustice aussi criante, et de les délivrer de l'importunité d'un homme, qui assurément n'était pas dans son bon sens.

Le magistrat, qui ne comprenait rien dans toute cette histoire, en entendant deux personnes qui réclamaient le même enfant, panchait même plutôt à croire au témoignage du père et du fils qui s'accordaient. En conséquence, il dit au mien qu'il ne croyait pas pouvoir prendre sur lui de décider cette affaire, mais que s'il avait des droits réels sur le jeune homme, il devait s'adresser au lieutenant de police, qui seul pouvait ordonner sur un fait de cette nature.

Mon père, indigné contre celui qu'il croyait toujours son fils, se résolut à suivre le conseil du commissaire, et partit avec lui, en assurant

le jeune homme qu'il allait bientôt le
faire repentir de son odieuse ingra-
titude.

CHAPITRE XXVI.

Explication du Quiproquò.

Mon père alla donc, assisté du commissaire, porter sa plainte au lieutenant de police, et lui demander un ordre pour faire enlever son fils qu'il avait retrouvé, et qu'on refusait de lui rendre. Le commissaire ayant fait le rapport de ce qu'il avait entendu, et dit que le jeune homme qu'il prétendait être son fils ; affirmait qu'il ne le connaissait aucunement, le magistrat supérieur se trouva dans le même embarras que lui, pour prononcer sur un point aussi difficultueux. Mon père assurait toujours qu'il ne se trompait pas, et sa probité était trop connue pour qu'on pût le soupçonner de fausseté.

Tandis que l'on était ainsi dans l'incertitude sur le parti qu'il y avait à prendre, le sergent de la garde vint faire le rapport de mon arrestation et de la scène extraordinaire que j'avais donnée : il ajouta que, d'après le signalement que le magistrat leur avait fait parvenir, d'un jeune homme que l'on cherchait, il présumait que ce devait être le même.

Ce mot commença à éclaircir un peu ce qui jusqu'alors avait paru une énigme ; et le lieutenant de police soupçonnant que ce prisonnier pouvait être moi-même, engagea mon père à aller d'abord à la prison pour voir s'il reconnaîtrait en lui son fils. Mon père se rendit à ce sage avis, et partit avec le sergent.

Pendant que tout cela se passait,

je me confondais dans mon cachot en
des réflexions bien inutiles, car je ne
pouvais me rendre raison de rien de
ce que l'on me reprochait d'avoir fait.
Je me rappelais bien confusément
qu'un jeune homme m'avait emmené
souper au moment où j'avais quitté
le jardinier; mais d'après cela, je ne
me formais plus aucune idée, de sorte
que j'étais dans une inquiétude mortelle sur ma situation.

Le guichetier vint ouvrir pour enfermer avec moi un voleur qu'on venait de lui recommander, en me disant que c'était un brave camarade
qu'il me donnait pour me désen-
nuyer, et qu'il nous jugeait bien
dignes l'un de l'autre. Ce nouveau
prisonnier lui ayant répondu quelques mots, le son de sa voix me
frappa. Je levai les yeux sur lui, et
à la lueur de la lanterne du guiche-

tier, je reconnus ce même jeune homme auquel je rêvais l'instant d'avant ; et ce qui m'aida plus particulièrement à me le remettre, c'est qu'il avait sur le corps la redingotte que je portais lorsqu'il m'avait conduit à ce funeste souper.

La circonstance et le titre de voleur dont le guichetier l'honorait, ne me laissèrent plus de doute qu'il ne fût l'auteur ou au moins le complice du mal qui m'était arrivé, mais dont je ne pouvais encore soupçonner aucun détail. Je m'alambiquais la cervelle pour chercher à découvrir quel rapport il pouvait y avoir, et j'allais essayer d'entrer en explication avec lui à ce sujet, quand je vis paraître mon père.

Interdit à son aspect, et confus de paraître devant lui en criminel dans le séjour des malfaiteurs, j'éprouvai

cependant une espèce de contente-
ment, par la conviction intime que j'a-
vais de mon innocence, du moins en
matières sérieuses, n'ayant jamais été
répréhensible que pour des fautes d'é-
colier et des peccadilles d'enfant. Pour
lui, sa surprise en me reconnaissant,
et l'indignation qu'il éprouvait en
pensant que j'avais mérité la punition
déshonorante que l'on m'infligeait,
ne peuvent s'exprimer.

Je voulus me jetter à ses genoux,
en fondant en larmes : mes chaînes
me retinrent, et la vue de ces in-
dignes liens du crime le firent frémir
davantage.....

« Malheureux !.... » ce fut tout ce
qu'il eut la force de pouvoir me dire;
et il tomba évanoui auprès de moi.
Ce spectacle attendrit le geolier, qui
naturellement n'était pas un méchant
homme; il s'empressa de secourir

mon père, et il eut même la louable délicatesse de lui dire que l'on me regardait plutôt comme un fou que comme un scélérat, et lui rapporta ce qu'il avait appris de mon histoire.

Mon bon père, un peu rassuré sur l'article de l'honneur, n'en était pas encore plus au fait que moi de ce qui avait occasionné toutes ces scènes d'extravagauce et de malheur. Alors le voyant mieux disposé à m'écouter, je lui avouai la manière dont j'avais fui le jardinier, l'invitation que le jeune homme qu'il voyait enfermé avec moi m'avait faite d'aller souper chez une de ses parentes ; je lui dis de plus, que comme il venait d'être arrêté comme voleur, j'étais très-convaincu qu'il pourrait nous éclaircir ce qui nous paraissait surnaturel, dans les tristes évènemens dont j'avais été la victime.

Mon père, le jugeant comme moi, s'adressa à ce malheureux, le menaçant de toute la sévérité des lois, s'il n'avouait pas de bonne volonté ce que l'on pourrait découvrir d'ailleurs, et même de lui, par force, en l'appliquant à la question. Il lui promit en même tems que s'il était sincère, il ne porterait pas de plainte particulière contre lui à mon sujet.

Ce coupable jeune homme fut confondu de voir vivant à côté de lui, et l'accusant avec vérité, celui qu'il avait bien cru mort, car ayant observé de loin ce que je deviendrais après qu'il m'eût exposé la nuit dans la rue, il avait vu la garde me transporter à la Morgue, et n'avait plus de doute qu'il ne fût entièrement délivré d'inquiétude sur mon compte.

Il se détermina donc à faire un aveu bien circonstancié du tour abomi-

nable qu'il m'avait joué, de compli-
cité avec la femme qu'il m'avait fait
passer pour sa parente : il avait même
un motif de rancune contre cette scé-
lérate, qui lui refusant après sa part
dans ma dépouille, s'était tout ap-
proprié en le mettant à la porte de
chez elle, et ne lui laissant que ma
redingotte qu'il portait encore.

C'est de cette manière que je fus
instruit de ce qui m'était arrivé, et
que mon père comprit l'histoire de sa
méprise avec l'autre honnête père du
jeune homme, dont la singulière ressemblance avec moi avait amené le
double quiproquo dont tous les deux
avaient été les dupes. Il alla sur-le-
champ chez le lieutenant de police, à
qui il détailla cette étrange aventure,
et en obtint aussitôt mon ordre de
sortie de la prison.

Le magistrat ayant été curieux de

9 *

juger par lui-même de celle ressemblance , qui était assez parfaite pour
tromper deux pères , me fit présenter
à lui avec ma copie ou mon original ,
et convint , ainsi que toute sa compagnie , que deux jumeaux ne pouvaient pas être plus pareils. Il nous
congédia ensuite avec bonté , après
nous avoir fait à nous deux jeunes
gens, une morale paternelle sur les
suites dangereuses d'une mauvaise
conduite, qui , en exposant les enfans
aux censures et aux châtimens de la
justice, trouble encore la tranquillité
et flétrit l'honneur de leurs familles.

Mon bon père, satisfait d'avoir retrouvé son fils , et moins coupable
qu'il ne l'avait appréhendé , me reconduisit chez lui sans me faire la
moindre réprimande, et se contentant
de m'engager à réfléchir sur le sage
discours du respectable magistrat.

Ici, cher lecteur, se terminent mes aventures de collége et du premier âge de mon enfance et de ma jeunesse. Je vais aussi franchement vous rendre compte de celles de mon adolescence, et vous serez forcé de convenir que le démon persécuteur dont je me plains, m'a toujours aussi vigoureusement attaqué, et que mon inutile patron, St.-Guignolet, ne m'a jamais mieux défendu.

Fin du premier volume.

TABLE

DES CHAPITRES

contenus

Dans le Premier Volume.

www.ingramcontent.com/pod-product-compliance
Lightning Source LLC
Chambersburg PA
CBHW051829020726
47502CB00005B/1700